Margaret Atwood
Die Giftmischer

Margaret Atwood

Die Giftmischer

Horror-Trips und
Happy-Ends

Deutsch von Anna Kamp

Claassen

Die Originalausgabe erschien 1983 unter dem Titel
Murder in the Dark im Verlag Coach House Press,
Toronto.

Der Claassen Verlag ist ein Unternehmen
der Econ & List Verlagsgruppe

ISBN 3-546-00174-5

Sonderausgabe 1999 by Claassen Verlag GmbH, in der
Verlagshaus Goethestraße GmbH & Co. KG, München.

Druck und Bindung: Pustet, Regensburg

TEIL I

AUTOBIOGRAPHIE

Das erste, woran ich mich erinnern kann, ist eine blaue Linie. Das war links, wo der See im Himmel verschwand. An der Stelle war eine weiße Sandklippe, die man von da, wo ich stand, jedoch nicht sehen konnte.

Rechts verengte sich der See zu einem Fluß, und dort waren ein Damm und eine überdachte Brücke, ein paar Häuser und eine weiße Kirche. Gegenüber war eine kleine Felseninsel mit ein paar Bäumen. Am Ufer lagen große Findlinge, und die abgesägten Stämme riesiger Bäume ragten aus dem Wasser heraus.

Dahinter ist ein Haus, ein Weg, der in den Wald zurückführt, der Zugang zu einem anderen Weg, den man von da, wo ich stand, nicht sehen kann, der aber trotzdem da war. An einer Stelle war dieser Weg breiter; Hafer, in einem fernen Winter aus den Futterbeuteln von Holzfällerpferden gefallen, hatte gekeimt und war gewachsen. Falken nisteten dort.

Einmal hatte auf der Felseninsel der halb zerfressene Kadaver eines Hirschs gelegen. Er roch wie Eisen, wie Rost, den man sich in die Hände reibt, so daß er sich mit Schweiß vermischt. Dieser Geruch ist der Punkt, an dem die Landschaft sich auflöst, wo sie aufhört, eine Landschaft zu sein, und etwas anderes wird.

GIFTMISCHER

Als ich fünf war, mischten mein Bruder und ich Gift. Damals lebten wir in einer Stadt, aber wahrscheinlich hätten wir das Gift überall gemischt. Wir hoben es in einer Farbdose unter dem Haus von anderen Leuten auf, und wir taten alle giftigen Dinge hinein, die uns in den Sinn kamen: Blätterpilze, tote Mäuse, Vogelbeeren, die vielleicht nicht giftig waren, aber so aussahen, Pisse, die wir extra aufbewahrten, um sie zu dem anderen in die Farbdose zu schütten. Als die Dose schließlich voll war, war alles darin sehr giftig.

Das Problem war, daß wir das Gift, nachdem wir es hergestellt hatten, nicht einfach dort stehenlassen konnten. Wir mußten etwas damit anfangen. Wir wollten es niemandem ins Essen tun, aber wir brauchten ein Versuchsobjekt, eine Krönung. Es gab keinen Menschen, den wir genügend haßten, darin lag die Schwierigkeit.

Ich kann mich nicht erinnern, was wir schließlich mit dem Gift gemacht haben. Haben wir es unter der Ecke des braungelben Hauses stehenlassen? Haben wir jemand damit beworfen, irgendein harmloses Kind? Bei einem Erwachsenen hätten wir uns nicht getraut. Stimmt das Bild, das ich vor Augen habe: ein kleines Gesicht, über das Tränen und rote Beeren fließen, die plötzliche Erkenntnis, daß das Gift zu guter Letzt wirklich giftig war? Oder haben wir es weggeworfen? Erinnere ich mich, daß die roten Beeren durch einen Rinnstein flossen, in den Gully? Bin ich unschuldig?

Warum haben wir das Gift überhaupt hergestellt? Ich erinnere mich an das Hochgefühl, mit dem wir es anrührten und vermehrten, an das Gefühl von Magie und Vollendung. Gift mischen macht ebensoviel Spaß wie Kuchen backen. Menschen mischen gern Gift. Wer das nicht begreift, wird nie etwas begreifen.

befand sich auf dem Dachboden meines Großvaters, zusammen mit einem Harmonium, in dem Fledermäuse hausten, Western-Taschenbücher, die sich bis zum Dachbalken stapelten, und einer Schneiderpuppe – der in Draht erstarrte Körper meiner Großmutter, als sie noch eine Taille hatte. Auf dem Dachboden roch es nach Moder und Räucheraal, aber es gab dort ein Fenster, in dem das Sonnenlicht gelber war als anderswo, vielleicht lag das am Staub. Dieses buttergelbe Sonnenlicht rahmte die afrikanischen Höhlen, wo Echos hallten und unterirdische Flüsse flossen, wohin kein Lichtstrahl drang und wo weiße augenlose Krokodile lauerten, die den Tunneleingang bewachten, der mit ägyptischen Hieroglyphen verziert und mit tödlichen Schlangen und tückischen Eisenzacken bewehrt war, die dort vor zweitausend Jahren zum Schutz der Kammer aufgepflanzt worden waren. In der Kammer befand sich die heilige Perle, die aus irgendeinem Grund in Geschichten wie dieser immer schwarz war. Und als der Held sie aus der steinernen Stirn riß, die wie ein Götzenbild dort aus dem Dunkel herausragte – *schmutzig* war ein Wort, das sie gern auf andere Religionen anwandten –, schäumte die Göttin vor Wut. Es wimmelte von finsteren Priestern mit Krummsäbeln, die einen witterten wie Bluthunde und lautlos auf nackten Füßen umhergingen, bis plötzlich ein militärischer Überfall stattfand und alle den Berg hinunterrannten: Mit Wonne sprangen sie hin und her und brüllten wie verrückt, während Kugeln in die Leiber hagelten, ins Gestrüpp, in die Brandung, auf das wartende Schiff, auf dem Großbritannien zum Plündern bereitstand.

Die Ausgabe mit dem Schluß der Fortsetzungsgeschichte war nie gekommen, sie fand sich nicht auf dem Dachboden. Da war ich nun also mitten in der Geschichte hängengeblieben, 1951, und da bin ich, gelegentlich, noch heute und warte auf das Ende oder schreibe es selbst fertig, in einem Londoner Arbeitszimmer voller Bücherreihen, bei einem starken Brandy, Seemannsgarn, gesponnen für ein paar auserwählte Gentlemen unter dem ausgestopften Kopf eines Wasserbüffels, bei einem lodernden Feuer im Kamin oder irgendwo im Busch, eine Kugel im Herzen, wer weiß, wohin solche gierigen Impulse am Ende führen? Diese Lust auf blinde, weiße Krokodile! Damals gab es noch Häuptlinge in Straußenfedern und tötenswerte Feinde ... und Treue, so wenigstens lautete die Geschichte. Durch das Dachfenster mit seinem goldenen Staub und den toten Fliegen sah ich die lange nicht gestrichene Scheune, das Heu, das wie eine Polsterfüllung aus dem Scheunentor quoll, und um die Ecke die Kuh meiner Großmutter. Sie hätte am liebsten jeden aufgespießt, der keine Mistgabel in der Hand hatte. Sie schlich sich an jemand Unsichtbares heran, womöglich an meinen Halbonkel, der im ersten Krieg eine Gasvergiftung gehabt hatte und seither nicht mehr ganz richtig im Kopf war. Die Bücher hatten einmal ihm gehört.

VOR DEM KRIEG

»Damals, in der guten alten Zeit vor dem Krieg, war alles anders. Man konnte jeden Tag gegen fünf zum Ende des Landungsstegs gehen und ein paarmal die Angel auswerfen, dann hatte man seinen Hecht fürs Abendessen oder fürs Frühstück, man hängte ihn die Nacht über an einen Ast, damit die Bären nicht an ihn rankamen, damals gab es noch viele Bären, sie lungerten bei den Holzfällerlagern rum, abends konnte man zum Müllplatz gehen und sie schießen, ich kannte einen Mann, der Pfeil und Bogen dazu nahm, nicht so gut, wenn man danebentraf, aber es war mehr wie richtiges Jagen, er folgte den Blutspuren bis in die Wälder. Jetzt gibt es keine Holzfällerlager mehr, jedenfalls nicht mehr so wie früher, im Winter, wenn die Pferde die Baumstämme bis zum Eis zogen, und dann, im Frühling, wenn sie die Stämme zu Flößen zusammenbanden und den Fluß runterjagten bis zur Sägemühle. Es waren Schwedensägen und Äxte mit doppelter Schneide, man findet keine anständigen mehr, haben sie erst einmal vergessen, wie sie gemacht werden, dann braucht es Jahre, um es jemandem beizubringen, und es gibt keine Nachfrage. Jetzt nehmen sie Lastwagen und Bulldozer, legen los und machen alles dem Erdboden gleich, ein höllisches Durcheinander, überall Stümpfe und tote Äste, und von Fisch kann auch keine Rede mehr sein, jetzt kommen sie mit Flugzeugen hergeflogen, auch mit den Indianern ist was anders geworden, früher haben sie nie im Busch getrunken, es war immer so gewesen, daß die Weißen im Busch tranken und die Indianer in der Stadt, der Busch war zu wichtig für sie, deshalb riskierten sie es nicht, sich dort zu betrinken, derart zu betrinken, daß sie Feuer legten. Damals zog jeder Mann los, wenn es darum ging, ein Feuer zu bekämpfen, wenn es brannte, zog man los. Ein Windstoß, und es war oben in den Kronen, raste sogar über die Inseln. Um das Feuer zu stoppen, schuftete und schwitzte man tagelang, ohne zu schlafen.

Jetzt legen sie die Brände vorsätzlich, damit sie Arbeit haben. Keinen kümmert's, sie kommen nur noch her, um am Wochenende mit ihren Rennbooten das Wasser aufzupeitschen. Früher waren es handgebaute Boote aus Holz und Fünf-PS-Motoren, damals, in der guten alten Zeit vor dem Krieg.«

Die Sonne geht unter, im Westen, wie immer, pfirsichfarbene Wolken, da ist ein Zittern. Das Gefühl, zu warten, aber das ist es nicht. Kein Laut, nur der Wind, das sanfte Plätschern der kleinen Wellen unter dem Steg. Kein Mensch weit und breit. Einen Schritt abseits vom Weg, und da ist noch niemals jemand gewesen – du glaubst vielleicht, zu Unrecht, daß alles noch gerettet werden könnte, auch jetzt noch. Dies ist die gute alte Zeit. Dies ist vor dem Krieg.

HORROR-COMICS

Als ich zwölf war, pflegten meine Freundin C. und ich Horror-Comics aus den Regalen in Drugstores zu klauen. Sie kosteten damals nur zehn Cents. Wir lasen sie auf dem Heimweg von der Schule, mit verteilten Rollen, Radiostimmen und Geräuscheffekten, um zu zeigen, daß wir über den Dingen standen. Das Blut floß gespenstisch rot und in Strömen, die Gesichter waren grün und lila, die Schreie viel zu laut. Wir lehnten uns an die niedrige Steinmauer vor dem Beerdigungsinstitut und lachten so sehr, daß C. – ihre Mutter hatte ihr verboten, die Schultoilette zu benutzen, weil sie fürchtete, sie könne sich dort eine nicht näher definierte Krankheit holen – die Beine zusammenpressen und mich bitten mußte aufzuhören.

»Ich bin wirklich ein Vampir, glaub mir«, sagte ich wie beiläufig, während wir weitergingen und unser Zitroneneis am Stiel schleckten. Das Eis hatten wir bezahlt.

»Nein, bist du nicht«, sagte C. mit unsicherer Stimme.

»Du weißt genau, daß ich einer bin«, sagte ich ruhig. »Aber du brauchst keine Angst zu haben, du bist meine Freundin.« Ich senkte meine Stimme um eine Oktave: »Ich bin wirklich tot, glaub mir.«

»Hör auf damit«, sagte C.

»Womit?« fragte ich unschuldig. »Ich sage dir nur die Wahrheit.«

Damit waren wir die vier Häuserblocks zwischen dem Beerdigungsinstitut und der Tankstelle beschäftigt. Anschließend wechselten wir zum Thema Jungen über.

Im Winter, wenn es nach der Schule dunkel war, warfen wir Schneebälle hinter Erwachsenen her, wobei wir sorgfältig darauf achteten, daß wir sie nicht trafen; wir bogen uns vor Lachen, weil sie nicht einmal ahnten, daß sie als Zielscheibe dienten. Einmal trafen wir sogar jemand, eine Frau mittleren Alters in einem Bisammantel. Sie drehte sich um und sah uns an, bleich und mit funkelnden Augen. Wir rannten mit schulderfülltem Kreischen davon und warfen uns hinter der nächsten Ecke rückwärts in eine Schneeverwehung und hielten uns den Bauch vor Lachen.

»Hat die ein Gesicht gemacht!« schrien wir.

Aber wir waren erschrocken. Es war der Ausdruck in ihrem Gesicht, reiner Haß, er war wirklich. Die Nicht-Toten gingen unter uns um.

SCHULFREUNDE

Früher habe ich mir meine Kleider selbst genäht. Was brachte mich dazu, diese immer wieder genähten und aufgetrennten und wieder genähten Säume, den Fingerhut am Zeigefinger, der Boden mit Fäden übersät? Ich war fünfzehn. Damals waren Prinzeßkleider Mode, die zur Taille hin schmal wurden und in einen Bahnenrock übergingen, mit Rüschen am Ausschnitt.

Das Kleid, an das ich mich erinnere, ist rosa. Ich gehe darin über eine Wiese, rechts das Einkaufszentrum, links der Berg mit seiner harten Zeile eckiger Backsteinhäuser. Ich trage Bücher und einen Schreibblock, *Hefter* wurden sie genannt. Zwischen meinem linken Arm und den Häusern geht eine andere Person, ein Schulfreund, er berührt mich nicht. Ich erinnere mich nicht an seinen Namen, und auch nicht, wie er aussah. Es ist das Kleid, woran ich mich erinnere, und der Umstand, daß ich, als es mir zu alt oder zu klein geworden war, den goldenen Knopf vom Vorderteil abschnitt und aufbewahrte und das Kleid wegwarf. Auch der Freund ist vorhanden, aber nur als etwas Dunkles. Nicht wie eine Bedrohung, ein Schatten nur, unter einem Baum, ein nicht näher beschreibbarer Geruch, Leder und Bananenschalen, oder die Kassenhallen alter Filmtheater, eine Ahnung von der Zukunft. Ich sehe nur die Füße in ihren weiß-blauen Turnschuhen.

Ein anderer Freund, einer, mit dem ich tanze. Das ist später, denn das Kleid ist rot, ich sehe es genau vor mir, den Rock, der sich zu beiden Seiten seiner Beine bauscht: Ich habe den Blick gesenkt. Der Freund selbst ist ein verschwommener Fleck, weil ich meine Brille abgenommen habe, wie ich es immer tat, wenn ich ausging. Nie wußte ich, wie er wirklich aussah, und er wußte nie, wie ich wirklich aussah, tagsüber, wenn ich sehen konnte. In diesen Jahren tappte ich mich ausschließlich tastend und riechend durch die Welt der Abendmänner, kurzsichtig vor Eitelkeit. Auf Armeslänge waren die Freunde Formen, fest im Innern, unscharf an den Rändern, und sie glänzten im Licht der Straßenlampen, das durch die Fenster des parkenden Autos fiel. Es war Frühling, alles war so dicht, auch noch nach Sonnenuntergang, mit dem Geruch nach warmem Schlamm und mit dem Vollmond, durchdrungen von After-shave und Atmen. Die Freunde fühlten sich immer etwas klamm an.

Aus nächster Nähe lösten sie sich in Gewebe auf, ein paar Quadratzentimeter Haut, aus der Perspektive einer Fliege, jedes Haar gesondert, gleichzeitig klarer und dunkler. Damals vermißte ich ihren Strahlenkranz, wenn meine Hand in dieses trübe, krause, eiförmige Licht griff und lediglich auf ausgestopfte Kleidung traf, die überdies grau war. Was war es, das ich ansah? Wie Mars, von einer gelandeten Rakete aus gesehen, leuchteten sie nicht mehr.

IM VICTORY-VARIETÉTHEATER

Ich bin zweimal im Victory-Varietétheater gewesen, aber vielleicht war es auch nur einmal, und das andere Mal ist eine meiner Freundinnen gegangen und hat mir davon erzählt. Ich habe es beide Male genossen. Daß junge Frauen einen solchen Ort besuchten, galt als reichlich gewagt; wir fanden es komisch; es war fast so komisch wie in der Kirche.

Es gab einen Conférencier, einen Film und einen Mann, der sang und mit Tellern jonglierte, und außerdem die Striptease-Nummer. Es wurde viel mit buntem Licht gearbeitet, Rot und Blau und Purpur. Jedes Mädchen hatte einen Künstlernamen: Miss Take, Miss Behave, Flame LeRew. Mir gefielen die Namen und die Kostüme, weil sie originell waren, und mir gefielen die Mädchen, die geschickter waren als andere und Troddeln an ihren Brüsten wirbeln und Bauch und Hintern kreisen ließen. Das taten sie, bevor sie sich ganz ausziehen mußten, es hatte etwas von Kunst an sich, es war beinahe wie das Jonglieren mit Tellern. Mir gefiel die Art und Weise, wie sie in den bunten Lichtkegeln schwebten, sie bewegten sich, als würden sie schwimmen, Meerjungfrauen hinter Glas.

Eine Frau begann mit dem Rücken zum Publikum, im Licht der Scheinwerfer. Sie trug lange weiße Handschuhe und ein schwarzes Abendkleid mit Ärmeln aus schwarzer Gaze, die wie Fledermausflügel aussahen, sobald sie die Arme ausbreitete. Sie machte eine Menge mit ihren Armen und ihrem Rücken, aber als sie sich schließlich umdrehte, war sie alt. Ihr Gesicht war leichenblaß gepudert, ihr Mund ein leuchtendes Purpurrot, aber sie war alt. Ich fühlte, wie mich Scham durchflutete, es war nicht mehr komisch, ich wollte nicht, daß diese Frau sich auszog, ich wollte nicht hinsehen. Ich hatte das Gefühl, als würde ich und nicht die Frau auf der Bühne bloßgestellt und erniedrigt. Sicher würden sie sie auslachen und ihr Beleidigungen an den Kopf werfen, sicher würden sie glauben, getäuscht worden zu sein.

Die Frau zog den Reißverschluß ihres schwarzen Abendkleides auf, ließ es auf den Boden gleiten und begann, die Hüften zu schwingen. Sie lächelte mit der weißen Maske, die ihr Gesicht war, und ihrem purpurroten Mund; zwischen ihren Lippen schimmerten ihre Zähne, mattweiße Kiesel, es war eine Farce, die sie nicht beabsichtigte. Sie wußte, es war eine andere Art von Täuschung, aber wir wußten nicht, wer hier wen täuschte. Die Täuschung bestand darin, daß es plötzlich keine Täuschung gab: Der Körper dort oben war konkret, er alterte, er schwebte nicht getrennt von uns irgendwo im Scheinwerferlicht, wie wir war er Gefangener der Zeit.

Das Victory-Varietétheater verstummte. Kein Laut war zu hören.

OHNMACHT

Du stehst aufrecht, wie gewöhnlich, auf zwei Füßen, und dann hast du plötzlich einen anderen Blickwinkel, Baumwurzeln statt der Blätterwipfel, Nahaufnahme vom Dielenfußboden, und dazwischen nichts als eine sich verengende Perspektive und ein Rauschen, wie von Flügeln, aber nicht von Engelsflügeln.

Beim ersten Mal war ich neun und inmitten eines Gedränges von Wintermänteln in einem überheizten viktorianischen Gebäude, wo ich eine Reihe von Hühnerembryos betrachtete, ein Tag, fünf Tage alt, ein jeder unterbrochen in seiner Entwicklung und in eine Flasche gesteckt. Es gab auch Zwillinge, von Menschen, eineiige, Brüder, deren Arterien und Venen mit buntem Gummi gefüllt waren, und mit in der Flasche war die purpurrote Venusfächerplazenta, jetzt gräulich. Als nächstes sah ich hoch in einen Wald aus Segeltuch-Überschuhen und Beinen. Ich konnte mich nicht daran erinnern, umgekippt zu sein, und auch nicht an den Augenblick, als mein Kopf auf dem Holzboden aufschlug.

Das andere Mal trug ich einen Korb mit Glasscherben über einen Steg und glitt aus und fiel hin und schnitt mir in den Finger bis auf den Knochen. Ich richtete mich auf und schaute hinein, in meinen eigenen Körper; einen Augenblick lang kam kein Blut, und ich sah, daß es wirklich bis auf den Knochen ging, denn da war der Knochen, gar nicht so tief, schimmerte zu mir herauf, weiß wie ein Augapfel. Damals war ich älter, und so stellte ich den Korb ab, als ich die Flügel hörte. Der Schnitt war genau an der Stelle, wo sich der Finger biegt, deshalb hatte ich später keine Narbe, was ich bedauerte. Man möchte gern etwas zum Vorzeigen haben.

Seither sind schlimmere Dinge geschehen, aber der dunkle Vogel bleibt fern. Du fällst in Ohnmacht, wenn es etwas gibt, das du nicht sehen willst, dessen Anblick du nicht erträgst. Eines Tages ruft der Vogel von seinem blattlosen Baum in weiter Ferne, in dem Land, wo es keine Sonne gibt und keinen Mond: Ich werde zurückkommen, und dann wirst du mich barmherzig finden.

TEIL II

ROHMATERIAL

Musik. Warum reisen wir? Mit anderen Worten, was tun wir hier? Wenig Aussichten, braun zu werden, es ist neblig, es ist Nachsaison. Diejenigen, die eine Romanze suchen, sind drüben an der Bar, wo sie von drei Männern mit sehr lauten Stimmen und hölzernen Musikinstrumenten betört werden. Diejenigen von uns, die statt dessen das wahre Erlebnis suchen, wie immer es aussehen mag, sind hier draußen. Wir sitzen an kleinen Tischen und essen Krabben aus Zeitungstüten, eine nach der anderen, drücken Limonensaft über ihnen aus, tauchen sie in Salz, fast wie Experten, wie Einheimische, während die graue See im Hintergrund dampft. Das wahre Erlebnis, genau das ist es, was wir suchen, und das bedeutet Meskal mit einem echten Wurm in der Flasche. Doch weiß man nie, wem man trauen kann. Der Wurm könnte falsch sein.

Der Mann hier sucht keine Romanze und auch kein wahres Erlebnis. Er ist geschäftlich hier, er sucht lediglich jemanden, mit dem er reden kann. Jemand Englisches, wie er es ausdrückt. Das bin ich schon, obwohl er nicht einmal die Krabben mag. Er ist jung, dreißig (ich habe ihn gefragt), mit wunderschönen Zähnen und einem blonden Schnurrbart und einem Kinn, das den Zähnen nicht ganz gerecht wird. Er lächelt meistens, und er hat Augen, die Naive leicht für ehrlich halten würden. Sein Akzent läßt an Jagdhunde und Bourbon denken, aber er hat ihn unter Kontrolle.

Er hat alles gut unter Kontrolle. Er hat bereits eine Ehe hinter sich, erzählt er mir, er war zuviel unterwegs. Er steht ziemlich unter Druck.

Dies ist sein freier Tag. Morgen muß er woandershin fahren, in eine Stadt in der Nähe. Ein Schiffskapitän ist verschwunden. Man hat ihn in ein Bordell gehen sehen, aber man hat ihn nicht herauskommen sehen. Dieser Mann muß alle Bordelle in der Stadt überprüfen, bis er das richtige ausfindig gemacht hat. Wenn der Schiffskapitän nicht gefunden wird, ob tot oder lebendig, erhält die Witwe eine Million Dollar, die ihr die Schiffseigentümer natürlich lieber nicht zahlen würden, es sei denn, sie müssen.

»Ist es nicht gefährlich?« frage ich.

»Ein Bordell ist der sicherste Platz auf der Welt«, sagt er. »So ein Bordell hat einen Ruf zu verlieren. Ich lasse mich immer von einem Polizisten begleiten.«

»Und dann?« frage ich.

»Meistens macht man ganz einfach so lange weiter, bis man jemanden auftreibt, der die Geschichte kennt«, sagt er. »Dann findet man heraus, wieviel sie dafür wollen.«

»Sie meinen Bestechung?« frage ich, denn ich komme aus dem hohen Norden.

»Genauso läuft es«, sagt er. »So läuft alles. Ich mag die Araber, sie legen ihre Karten offen auf den Tisch. Sie geben es einem sogar schriftlich: wieviel sie wollen, und wofür. Man muß nicht um den heißen Brei herumreden. Hier unten lassen sie einen raten, und rät man falsch, so oder so, dann sind sie beleidigt. Entweder das, oder sie halten Sie für einen Idioten.«

»Fürchten Sie sich nie?« frage ich. »Haben Sie einen Revolver bei sich?«

»Wenn ich Angst kriege, steige ich aus«, sagt er.

»Ich habe ziemlich oft Angst, und ich steige ziemlich oft aus. Nichts ist wertvoller als das eigene Leben.« Er sagt das nicht, um Eindruck zu machen, er sagt nur, was er denkt.

»Aber das Reisen macht Ihnen sicher Spaß«, sage ich in der Hoffnung, ihm damit etwas Gutes zu tun.

Er lächelt ein wenig, viel ist da nicht, was ihm Spaß macht. »Ich tue meine Arbeit«, sagt er.

Ich esse noch eine Krabbe, breche zuerst den Schwanz ab, überlege, ob dieses Gespräch als ein wahres Erlebnis zählt. Ein Musiker kommt auf uns zu, er hält uns für ein Liebespaar, bald wird er uns mit kostspieligen Klängen überfluten.

Ein Bettler. »Wie war das Essen?« werden sie sagen, wenn du zurückkommst. »Unbeschreiblich«, wirst du sagen und sogleich mit der Beschreibung anfangen, die alle amüsieren wird. »Essen gibt es schon, natürlich, doch nicht immer das, was man erwartet. Versucht zum Beispiel mal, eine Ananas zu kaufen.«

Wir sitzen in der Hitze um einen Blechtisch, trinken einheimisches Bier und essen etwas, das von ferne an ein Rosinenbrötchen erinnert. An der Wand hinter uns hängt eine Sammlung verschiedenartiger Knoten. Ein alter braunhäutiger Mann kommt herein, er schlurft für unseren Geschmack zu theatralisch. Ihm sind nur zwei Zähne geblieben, und er hat eine Rasur nötig.

Er lächelt und möchte allen die Hand schütteln. Wir schütteln ihm die Hand, jeder von uns dreien, und lächeln. Wahrscheinlich kann er nicht sprechen, oder wahrscheinlich tut er so, als könne er es nicht. Wie auch immer, er ballt eine Faust, eine Anspielung (glaube ich) auf Ehe oder sexuelle Vereinigung, und zeigt auf meine Freundin und dann auf den Mann, mit dem ich zusammen bin. Er hat sich geirrt, und wir stellen es richtig und lächeln die ganze Zeit. Er nickt und fängt wieder von vorn an, und alle lächeln wütend. Wir waren immer auf das wahre Erlebnis aus, aber es spricht manches für organisierte Gruppenreisen.

Er faßt mich an die Schulter und reibt die Finger seiner rechten Hand aneinander. Wir sind uns nicht ganz sicher, was das bedeutet, wir sprechen darüber. Er wendet sich ungeduldig ab und geht zum Ausgang, wo er mit dem Rücken zu uns stehenbleibt.

»Ich glaube, er will Geld«, sage ich. »Bringt es nicht Unglück, Bettlern kein Geld zu geben?«

Sein gebeugter Rücken wirkt plötzlich bedrohlich. Wer weiß, was er denkt, welche Verwünschungen er gegen uns ausstößt! Wir suchen nach Münzen und finden ein paar, behalten sie für alle Fälle in den Händen, und als er auf uns zusteuert – er macht jetzt seine Runde –, geben wir sie ihm, bevor er fragen kann. Wir sind wieder in Sicherheit.

Doch als unser Mann, unser Beschützer, vom Tisch aufgestanden ist, um die Rechnung zu bezahlen, kommt der Bettler zurück. Er will die Reste von einem der scheußlichen Brötchen haben, die auf dem Teller liegen, zerkaut und klitschig wie etwas bei einem verregneten Picknick. Er zeigt auf das Brötchen, dann auf sich. Ich gebe ihm das Brötchen, und er nimmt es mit zum Ausgang und ißt es dort.

Wir suchen jetzt Handtaschen und Fotoapparate zusammen, schieben unsere Stühle quietschend zurück. Da ist der Bettler wieder, er drängt sich mit den Ellbogen zwischen uns, aufdringlicher als zuvor. Diesmal lächelt er nicht, er will mehr und mehr. Wird das jemals aufhören? Wenn wir nicht aufpassen, wird er uns zum Hotel folgen, über Mauern klettern, sich mit uns ins Flugzeug drängen, eines Tages in unserem Vorgarten auftauchen. Er weigert sich, noch länger den Bettler zu spielen, er läßt uns nicht die verlegenen, aber mildtätigen Touristen spielen, er macht uns wütend, das geht zu weit.

»Geh weg«, sagen wir. Wir scheuchen ihn mit den Händen davon, wie einen Vogel. Er lächelt wieder, schlüpft in seine Rolle zurück, in sein Kostüm, in das breite Grinsen eines idiotischen Heiligen, zwei Zähne, ein Mundvoll Unschuld und Verschlagenheit. Er ist beinahe erleichtert. Er ist fort.

»Wie war das Essen?« werden sie fragen. »Eintönig«, wirst du antworten. »Es gab viel Huhn. Eßt keine Salate, davon bekommt ihr Durchfall. Trinkt kein Wasser.«

Palenque. Ich habe Höhenangst, fürchte mich jedoch nicht vor kleinen dunklen Räumen. Du fürchtest dich vor kleinen dunklen Räumen, hast aber keine Höhenangst. Gibt es einen passenderen Ort für uns zwei?

Heute abend gibt es Huhn, *Pollo,* das erste Wort, das ich gelernt habe, in Schokoladensoße und mit Pommes frites, die sich wie Löwenzahn über die Welt ausgebreitet haben. Wir zahlen doppelt soviel wie der Mann, der neben uns sitzt. Er ist nicht nur ein Einheimischer, er ist der Polizeichef, er legt seinen Revolver auch beim Essen nicht ab. Das Huhn, das in braunem Matsch auf meinem Teller hin und her schliddert, ist wie all die anderen Hühner, die wir durch das Zugfenster ebenfalls in braunem Matsch schliddern sahen, gejagt von Hunden, die wiederum von kleinen Jungen gejagt wurden, die ihrerseits von Frauen in langen, weißen, bestickten Kleidern – nach deren Preis auf dem Markt zu fragen ich immer noch nicht gelernt habe – gejagt wurden, unter Bäumen, die grüner waren als Grün im Regen. Durch das Fenster sah es idyllisch aus.

Am Morgen klettern wir durch die Dunstschwaden, die überall von den Pflanzen aufsteigen, den Berg hinauf, spotten über die Touristenbusse, die uns ab und zu überholen, nicht einmal voll besetzt. Wird es sich lohnen? denken wir. *Lohnend* ist das, was man im Austausch für die in Kauf genommenen Unannehmlichkeiten erhält. Was es auch sein mag, es muß die Stiche von Moskitos und Flöhen und die Sägemehlsandwiches aufwiegen, die klugerweise sonst niemand im Zug gekauft hatte.

Und hier ist es, ein Tempel nach dem anderen, wie eine Miniatur, vollkommen, fast noch mit Leben erfüllt. Aber die Stufen sind zu steil, sie wurden so angelegt, daß man dem Gott nie den Rücken zuwenden konnte, ich kann sie nicht hinaufsteigen. Nicht, daß ich Angst hätte zu fallen: Höhen berauschen mich, ich habe beinahe das Gefühl, wirklich fliegen zu können.

»Sieh einfach nach vorn«, sagst du. »Dreh dich nicht um. Du schaffst es schon.«

Aber das glaube ich nicht, ich stehe unten und beobachte, wie du höher und höher steigst, worauf zu? Auf etwas Wirkliches. Neid treibt mich an, ich gehe herum auf die Rückseite, hier ist es nicht so schlimm, ich krieche eine aufgeweichte Böschung hinauf und erreiche den Gipfel.

Es ist nicht viel übriggeblieben hier oben, außer der Architektur und hier und da von Touristen hinterlassenen Abfällen. Aber jetzt bist du an der Reihe: Stufen, die nach unten führen, ins Innere der Pyramide, zum am tiefsten gelegenen und aufregendsten Grab laut Reiseführer. Es ist dunkel und eng, und deine Knie werden langsam weich. Hand in Hand steigen wir hinab, rutschen über den nassen Stein.

Hier wurden die Sklaven oder Ehefrauen getötet und zur Bewachung der Tür zurückgelassen, und das war die Tür, blockiert; das hier ist die hinterste Kammer. Aber sie haben alles ausgeräumt, den König, sein zweites, goldenes Gesicht, den Jadestein, der ihn unsterblich macht, alles befindet sich in einem Museum tausend Meilen entfernt. Das Grab ist leer, wie es meistens der Fall ist. Das ging aus dem Text nicht eindeutig hervor.

Es ist nicht der abwesende König, an den wir uns erinnern, sondern die Angst.

Der Jaguarthron. Wir stehen in einer Schlange, um den Jaguarthron zu besichtigen. Weihnachten ist nahe, und alles ist voller Menschen, auch die Klöster, die in Hotels zu zehn Dollar das Zimmer umgewandelt wurden, und die Waschräume, die angefüllt sind mit Füßen in pastellfarbenen Sandalen und mit dem Geruch von Apfelsinenschalen und anderen Dingen, und die Tempelruinen oben auf dem Berg, auf deren Innenwänden Graffiti wuchern. Aber womöglich ist es unsere letzte Gelegenheit. Wer weiß, wann wir wieder in diese Gegend kommen.

Der Jaguarthron ist in eine Pyramide eingebettet. Zuerst geht man durch einen schmalen Tunnel, den man zu ebener Erde betreten hat, ein Tunnel, so schmal, daß man mit den Schultern beide Wände berührt, der alte Stein ist unangenehm feucht, überzogen mit einer Haut ähnlich der Haut auf einem stehenden Gewässer. Es gibt nur einen Durchgang. Diejenigen, die den Jaguarthron bereits gesehen haben, drängen sich auf dem Rückweg an uns vorbei, drükken uns an die Haut auf der Wand, so eilig haben sie es, wieder an die frische Luft zu kommen. Gespannt prüfen wir ihre Gesichter: Hat es sich gelohnt?

Ein paar kleine Glühbirnen hängen mit einem Draht zu einer Girlande verbunden an der Decke. Die Decke selbst wird niedriger. Die Luft ist feucht und stickig. Die Schlange bewegt sich zentimeterweise vorwärts. Vor uns sind Rücken, sonnenverbrannte Nacken, die Hemden und Kleider haben Schweißringe unter den Ärmeln. Keiner sagt etwas, doch die schwere Luft scheint mit Geflüster angefüllt zu sein. Vor uns, ein paar Stufen höher, um mehrere Ecken, unsichtbar, hockt der Jaguarthron in einer eckigen Nische, mit funkelnden rubinroten Augen, kräftigen Zähnen, seiner Bedeutung beraubt. Wer hat ihn zuletzt benutzt, wozu hat er gedient, warum wurde er hier, verborgen in der Dunkelheit, aufbewahrt?

Die Menschenschlange bewegt sich vorwärts in die Lichtlosigkeit. Früher muß es Prozessionen gegeben haben, Fackeln, deren Licht wegen des mangelnden Sauerstoffs schwächer wurde, Männer mit Masken, willig oder nicht. Der Jaguarthron war nicht immer eine Sehenswürdigkeit, etwas, das man an Weihnachten besichtigt. Früher gab es Götter, die Sühne forderten. Früher wurde hier ein Spiel gespielt, in einem Außenhof, wo steinerne Ringe in die Mauern eingelassen waren. Wenn deine Mannschaft verlor, wurde dir der Kopf abgeschlagen. Das stellt das Bildnis dar, den Körper eines Mannes mit einem Springbrunnen an der Stelle des Kopfes: der gesegnete Verlierer, der Regenmacher. Metaphern können gefährlich sein. Nicht alle wollen den Jaguarthron sehen, aber manche sehen ihn trotzdem.

Vor uns schreit eine Frau auf. Panik durchzuckt die Schlange, man kann fühlen, wie sie von Körper zu Körper springt, eine Woge, die sich nach hinten ergießt: In einer Minute werden wir in Schrecken versetzt sein, zertrampelt werden. Dann kommt das Gerücht, das Flüstern: Es war nur eine Spinne. Wir sind gefangen, so oder so, der Tunnel ist verstopft, wir können uns nicht rühren, wir stehen in der stickigen Luft und horchen auf unsere Herzen, und jetzt wissen wir die Antwort: Der Jaguarthron wird hier drinnen aufbewahrt, damit er nicht herauskommt.

Der Wassergott. Vor langer Zeit war diese Höhle fest verschlossen. Den zurückgelassenen Zeichnungen kann man entnehmen wann: Sie malten Kreaturen mit sechs Beinen und metallenen Köpfen, Ungeheuer; die Ungeheuer schwammen von ihren riesigen weiß geflügelten Booten ans Ufer, vom Bösen und vom Unglück gezeichnet. Sie verbrannten die Menschen, sie töteten sie mit ihren Stöcken, aus denen Flammen züngelten. So sieht es in den Zeichnungen aus. Jetzt kamen sie nach Süden.

Die Priester wollten verhindern, daß die Ungeheuer die Höhle fanden und sie für ihre eigenen Zwecke benutzten. Sie zerschlugen die Opferschalen und die Bilder der Götter und ließen so deren Geister frei. Sie ließen ihren liturgischen Brustschmuck aus gebranntem Lehm zerschmettert in der großen Höhle mit der Säule in der Mitte zurück, die mit Handabdrücken in der Farbe von getrocknetem Blut beschmiert war. Sie zogen sich aus der Höhle zurück und errichteten Mauern, als sie sich entfernten: eine Mauer aus gehauenem Stein und eine zweite Mauer, an der sie Schutt aufhäuften. Es sollte nach einem Unglück aussehen, nach einem Zucken der Erde. Ihres Zaubers beraubt, mischten sich die Priester unter das Volk, das sie nun nicht mehr beschützen konnten und das sie nicht beschützen konnte, und gleich ihm wurden sie niedergemetzelt oder versklavt.

Jetzt verfolgen wir ihre Spuren zurück. Tatsächlich hätte ich es vorgezogen, im Patio zu bleiben, im gelben Sonnenlicht, einen *Café con leche* zu trinken und die Tukane in ihren Käfigen zu beobachten, aber in diesem Land wird man von dunklen Orten angezogen. Wir ziehen die Köpfe ein und gehen durch die erste niedrige Öffnung. Die Decke ist dicht über uns, Baumwurzeln wachsen durch sie hindurch, das gibt ihr Halt. Durch die zweite Öffnung müssen wir kriechen.

Hier ist der Eingang zur zentralen Höhle, in der es immer noch nach Angst und öligem Fackellicht riecht. Am Fuß der Säule stehen Schalen, Masken, ein Gesicht in einem Gesicht, von Löchern durchbohrt, der Geist entflohen. Links zweigt ein Gang ab, in dem winzige Altäre nebeneinanderstehen: Auf jedem ist ein Teller, nicht größer als ein Puppenteller, und auf jedem Teller liegt ein einzelnes, staubüberzogendes Weizenkorn, mit Bedacht abgelegt, damit das Volk in jenem Jahr zu essen haben würde. Es ist alles noch genau so, wie es zurückgelassen wurde.

Am Ende des Ganges befindet sich eine unterirdische Quelle, ein flacher See, das Wasser tränenklar, mit einem bläulichen Schimmer. Fahle, stumpfe Fische schwimmen darin, wahrscheinlich sind sie blind. Weiter in der Mitte ist der Wassergott, sein Gesicht ist traurig, er schwebt auf Stein und verdoppelt sich in dem blauen Gewässer. Wir können nicht erkennen, ob er zerbrochen ist oder nicht. Wahrscheinlich glaubten sie, der Wassergott könnte sich selbst helfen.

Wir gehen durch den Gang zurück, wir berühren nichts, wir wissen, daß wir Eindringlinge sind, daß wir zufällig auf das ernste Spiel eines Kindes gestoßen sind, an das es zutiefst glaubt, und wir haben alles verdorben.

TEIL III

MORD IM DUNKELN

Das ist ein Spiel, das ich nur zweimal gespielt habe. Beim erstenmal war ich in der fünften Klasse, ich spielte es in einem Keller, dem Keller eines großen Hauses, das den Eltern eines Mädchens mit Namen Louise gehörte. In dem Keller stand ein Billardtisch, aber keiner von uns verstand etwas von Billard. Es gab dort auch ein elektrisches Klavier. Nach einer Weile wurden wir es müde, die Walzen mit den Lochkarten durch das elektrische Klavier zu drehen und dabei zu beobachten, wie sich die Tasten von selbst hoben und senkten, wie im Kino in der Spätvorstellung, kurz bevor man den Toten zu sehen bekommt. Ich war in einen Jungen verliebt, der Bill hieß und in Louise verliebt war. Der andere Junge, an dessen Namen ich mich nicht erinnern kann, war in mich verliebt. Niemand wußte, in wen Louise verliebt war.

Also machten wir im Keller das Licht aus und spielten *Mord im Dunkeln.* Dabei hatten die Jungen das Vergnügen, den Mädchen die Hände um den Hals legen zu dürfen, und die Mädchen hatten das Vergnügen zu kreischen. Die Erregung war so stark, daß wir es fast nicht aushalten konnten, aber zum Glück kamen Louises Eltern nach Hause und fragten uns, ob wir eigentlich wüßten, was das Ganze sollte.

Das zweite Mal spielte ich es mit Erwachsenen; es machte weniger Spaß, obwohl es in intellektueller Hinsicht vielschichtiger war.

Ich habe gehört, daß dieses Spiel einmal von sechs normalen Menschen und einem Dichter in einem Sommerhaus gespielt wurde und daß der Dichter tatsächlich versuchte, jemanden zu töten, was nur durch das Eingreifen eines Hundes verhindert wurde, der Phantasie und Wirklichkeit nicht auseinanderhalten konnte. Das Entscheidende bei dem Spiel ist, daß man weiß, wann man aufhören muß.

Und so wird es gespielt:

Man faltet ein paar Papierschnipsel zusammen und legt sie in einen Hut, eine Schale oder mitten auf den Tisch. Jeder nimmt sich einen Schnipsel. Wer das X hat, ist der Detektiv, wer den schwarzen Punkt hat, ist der Mörder. Der Detektiv verläßt das Zimmer und macht das Licht aus. Alle tappen im Dunkeln herum, bis sich der Mörder ein Opfer greift. Entweder flüstert er: »Du bist tot«, oder er legt seine Hände um eine Kehle und drückt zu, spielerisch, aber entschlossen. Das Opfer kreischt und fällt zu Boden. Jetzt darf sich keiner mehr bewegen, bis auf den Mörder, der natürlich nicht neben der Leiche gefunden werden will. Der Detektiv zählt bis zehn, macht das Licht an und betritt das Zimmer. Er darf jetzt jeden verhören, nur das Opfer nicht, das nicht antworten darf, weil es tot ist. Alle außer dem Mörder müssen die Wahrheit sagen. Der Mörder muß lügen.

Wenn man will, kann man dieses Spiel variieren. Man kann zum Beispiel sagen: Der Mörder ist der Schriftsteller, der Detektiv ist der Leser, das Opfer ist das Buch. Oder anders: Der Mörder ist der Schriftsteller, der Detektiv ist der Kritiker, und das Opfer ist der Leser. In diesem Fall wäre das Buch die totale Inszenierung, wozu auch die Lampe gehört, die versehentlich umgestoßen und zerbrochen wurde. Aber es macht wirklich mehr Spaß, einfach nur das Spiel zu spielen.

Wie auch immer, *ich* lauere im Dunkeln. Ich habe einen Anschlag auf Sie vor, ich plane mein finsteres Verbrechen, meine Hände greifen nach Ihrem Hals, oder vielleicht, aus Versehen, nach Ihrem Schenkel. Sie hören, wie sich meine Schritte nähern, ich trage Stiefel und habe ein Messer in der Hand, vielleicht auch einen Revolver mit perlmuttbesetztem Griff. Jedenfalls trage ich Stiefel mit sehr weichen Sohlen, Sie können die Kinoglut meiner Zigarette im Nebel des Raumes, der Straße, des Raumes aufleuchten und verblassen sehen, auch wenn ich nicht rauche. Nur vergessen Sie eines nicht, wenn der Schrei endlich verhallt ist und Sie das Licht angemacht haben: Ich muß, so wollen es die Spielregeln, lügen.

Also: Glauben Sie mir?

SCHMOREN

Es begann in den Hinterhöfen. Zuerst konzentrierten sich die Männer auf Hitze und Rauch und auf gefährliche Angriffe mit langen Gabeln. Um sie anzuspornen, gaben ihnen die Frauen breitgestreifte Schürzen mit den Aufschriften *Toller Kerl*, *Der Boss* auf der Brust. Danach ging alles drunter und drüber: Wer sollte den Abwasch machen? Und: Man kann nicht ewig auf Pappteller zurückgreifen. Und ungefähr zu diesem Zeitpunkt wurden die Ehefrauen es leid, Karamelbonbons und Wackelpudding mit geriebenen Karotten und türkischen Honigbonbons zu machen, und wollten statt dessen Geld verdienen, und eins führte zum andern. Die Ehefrauen erklärten, ein Tag hätte nicht mehr als vierundzwanzig Stunden, und die Männer, die sich in jenem Jahrhundert noch ihrer Rationalität rühmten, mußten zugeben, daß das so war.

Eine Zeitlang einigten sie sich darauf, daß die Männer für die männlichere Nahrung verantwortlich waren, für Braten, Koteletts, Steaks, tote Hühner und Enten, Mägen, Herzen, für alles, was eindeutig getötet worden war, was sichtlich geblutet hatte. Die Ehefrauen übernahmen die anderen Dinge, die glasierten Pastinakwurzeln und die Pflaumenschlagcreme, alles, was blühte und fruchtig war und weich und innen saftig. Das ging ungefähr ein Jahrzehnt lang gut. Alle lobten die Männer, um sie bei Laune zu halten, und die Frauen, die sich morgens mit ihren knarrenden, nagelneuen Aktenkoffern aus dem Haus schlichen und ihre Busfahrscheine in den Händen zerknüllten – denn die Männer brauchten die Kombiwagen, um die Tierkadaver nach Hause zu bringen –, hatten das Gefühl, noch einmal davongekommen zu sein.

Aber die Zeit ist nicht statisch, und die Männer weigerten sich, auf der Stelle zu treten. Sie ließen sich nicht in ihren individuellen Küchen isolieren, Küchen, zu denen die Frauen immer seltener zugelassen wurden, weil sie laut Aussagen der Männer die Messer, wenn überhaupt, nicht ordentlich schliffen. Die Männer fingen an, Küchenmaschinen zu erwerben, die sie an den Wochenenden auseinandernahmen und ölten. Anfangs kam es dabei zu einzelnen Unfällen, ein paar verlorene Finger und Nasenspitzen, doch die Männer hatten es bald heraus und drangen in andere Bereiche vor: automatische Muskatnußreiben, elektrische Gläserdeckelöffner. Bei Cocktailpartys standen sie in einer Ecke des Raumes in Grüppchen zusammen und tauschten private Rezepte und Küchentratsch aus, Geschichten von Soufflés, die in letzter Minute beherzt gerettet worden waren, von flambierten Birnen, die außer Kontrolle geraten waren und denen kämpfend Einhalt geboten werden mußte. Manche dieser Geschichten enthielten heikle Wörter wie zum Beispiel *Hühnerbrust.* Tatsächlich änderte sich die sexuelle Metaphorik: Schalen und Gabeln rückten in den Vordergrund, und *Eierschneider, Entsafter* und *Grillspieß* wurden Wörter, die nur die verwegensten jungen Frauen, diejenigen, die es interessant fanden, sich die Butter selbst aufs Brot zu streichen, in gemischter Gesellschaft auszusprechen wagten. Männer, die nicht gut kochen konnten, hingen am Rand dieser Gruppen herum, hatten Angst, etwas zu sagen, bewunderten die älteren und erfahreneren und wünschten, sie wären wie sie.

Bald danach gaben die Männer in großer Zahl ihre Arbeitsplätze auf, damit sie der Küche mehr Zeit widmen konnten. In den Zeitschriften stand, es handle sich um einen modernen Trend. Die Ehefrauen wurden allesamt zur Arbeit gefahren, ob sie es wollten oder nicht: Einer mußte schließlich Geld verdienen, und selbstverständlich wollten sie nicht, daß die Männlichkeit ihrer Ehemänner aufs Spiel gesetzt wurde. Der gesellschaftliche Status eines Mannes war jetzt an der Länge seiner Tranchiermesser zu erkennen, an ihrer Anzahl und ihrer Schärfe, und daran, ob sie schlicht oder mit Gold und kostbaren Juwelen verziert waren.

Exklusive Clubs und Geheimbünde schossen aus dem Boden. Männer begrüßten sich bei ihrer ersten Begegnung nunmehr mit besonderen Schüttelbewegungen, dem »Béchamel-Shake« oder dem »Mousse-au-chocolat-Frappé«, und gaben auf diese Weise zu erkennen, daß sie zum Kreis der Eingeweihten gehörten. Den Frauen, die inzwischen die Küche überhaupt nicht mehr betraten, aus Angst, für unweiblich gehalten zu werden, wurde erklärt, daß *Chef* schließlich *Oberhaupt* bedeute und daß »Mixer« zum Alltag gehörte, aber daß von »Mixerinnen« noch nie jemand gehört hatte. In den Zeitschriften erschienen psychologische Artikel über die Ursachen des Küchenneids der Frauen, und wie er geheilt werden könne. Man empfahl die Amputation der Zungenspitze, und wie man weiß, wurde sie eine weitverbreitete Methode in den fortgeschrittenen Ländern. Hätte die Natur die Frauen zum Kochen ausersehen, hieß es, dann hätte Gott die Tranchiermesser rund und mit Löchern geschaffen.

Dies ist Geschichte. Aber es ist keine Geschichte, mit der viele vertraut sind. Sie existiert nur in den wenigen Archivsammlungen, die noch nicht vernichtet worden sind, und in Manuskripten wie diesem, die, meistens nachts, von Frau zu Frau weitergegeben werden, mit der Hand kopiert oder auswendig gelernt. Es ist subversiv von mir, diese Sätze auch nur aufzuschreiben. Ich tue es, auf die Gefahr hin, meine persönliche Freiheit einzubüßen, weil es heute, nach so vielen Jahren des Stillstands, Anzeichen dafür gibt, daß Hoffnung und damit Veränderung wieder einmal möglich geworden sind.

Die Frauen in ihren Nadelstreifenanzügen, in die Wohnzimmer verbannt, wo sie gehorsam an dem Glas Portwein nippten, das die Männer ihnen hereingebracht hatten, saßen immer steif und schweigend da und horchten auf die polternden und irgendwie spöttischen Lachsalven der Männer hinter den geschlossenen Küchentüren. Aber sie haben angefangen, miteinander zu flüstern. Im vertrauten Kreis erzählen sie von einer längst vergangenen, hinter dem Schleier der Legende verborgenen Zeit, auf die in gebündelten Briefen, die in Koffern auf Dachböden gefunden werden, sowie in rätselhaften Fresken an den Wänden verlassener Tempel angespielt wird, eine Zeit, als es auch den Frauen gestattet war, an dem Ritual teilzunehmen, das heute die tiefsten religiösen Überzeugungen unserer Gesellschaft verkörpert: die Umwandlung von geweihtem Mehl in heiliges Brot. Nachts träumen sie lange, verbotene Träume, die von Schatten verwirrt und verfinstert sind. Sie träumen davon, ihre Hände in die Erde zu tauchen, die rot wie Blut ist und weich, die milchig ist und warm. Sie träumen, daß die Erde sich unter ihren Händen sammelt, anschwillt, ihre Gestalt verändert, zu tausend Formen aufblüht, auch für sie, noch einmal für sie. Sie träumen von Äpfeln, sie träumen von der Erschaffung der Welt, sie träumen von Freiheit.

FRAUENROMANE

Für Lenore

1. Männerromane handeln von Männern. Frauenromane handeln ebenfalls von Männern, aber unter einem anderen Gesichtspunkt. Es gibt Männerromane, in denen keine Frau vorkommt, ausgenommen vielleicht die Zimmerwirtin oder die Stute, aber es gibt keinen Frauenroman, in dem keine Männer vorkommen. Manchmal bringen Männer in ihren Romanen Frauen unter, übergehen aber gewisse Körperteile, die Köpfe, zum Beispiel, oder die Hände. Auch Frauen übergehen in ihren Romanen Teile der Männer. Manchmal ist es der Abschnitt zwischen Bauchnabel und Knien, manchmal ist es der Sinn für Humor. Es ist nicht leicht, bei stürmischem Wind in einem weiten Umhang auf dem Moor Sinn für Humor zu entwikkeln.

Frauen schreiben gewöhnlich keine Romane, wie sie von Männern bevorzugt werden, aber Männer schreiben bekanntlich Romane, wie sie von Frauen bevorzugt werden. Es gibt Leute, die das seltsam finden.

2. Ich lese gern Romane, in denen die Heldin ein Gewand hat, das diskret über ihren Brüsten knistert, oder diskrete Brüste, die unter ihrem Gewand knistern. Auf jeden Fall müssen ein Gewand, ein Paar Brüste, ein Knistern und vor allem Diskretion vorkommen. Diskretion vor allem – wie Nebel, wie giftige Dünste, durch die die Umrisse der Dinge nur schwach zu er-

kennen sind. Ein blaßrotes Schimmern im Finstern, schweres Atmen, Seide, die zu Boden gleitet – und was enthüllt? Ganz unwichtig, sage ich. Ganz, ganz unwichtig.

3. Männer mögen Helden, die stark und hart sind: stark im Umgang mit Männern, hart im Umgang mit Frauen. Manchmal geht der Held sanft mit einer Frau um, aber das erweist sich immer als ein Fehler. Frauen mögen keine Heldinnen, die stark und hart sind. Statt dessen müssen sie stark und sanft sein. Das führt zu sprachlichen Schwierigkeiten. Als wir letztes Mal nachschlugen, waren viele einsilbige Wörter Männerwörter und noch dominierend, verloren jedoch rapide, umwoben von den Fangarmen labialer vielsilbiger Wörter, die ihnen mit dem Charme von Spinnen *Liebling, Liebling* zuflüsterten.

4. Männerromane handeln davon, wie man Macht erobert. Töten und so weiter, oder Siegen und so weiter. Auch Frauenromane handeln davon, doch die Methode ist anders. In Männerromanen geht die Eroberung der Frau oder der Frauen einher mit der Eroberung der Macht. Sie ist eine Zugabe, kein Wert für sich. In Frauenromanen eroberst du die Macht, indem du den Mann eroberst. Der Mann ist die Macht. Aber Sex allein genügt nicht, er muß dich lieben. Was meinst du denn, worauf das abzielt, auf den Knien zu liegen da unten zwischen den Krinolinen auf dem persischen Teppich? Sag es doch wenigstens. Wenn alles andere fehlt, kann das Aussprechen genügen. *Liebe.* Das wär's, jetzt kannst du wieder aufstehen, es hat dich nicht umgebracht. Oder doch?

5. Ich will nichts Trauriges mehr lesen. Nichts Brutales, nichts Beunruhigendes, nichts dergleichen. Keine Beerdigungen am Ende, in der Mitte meinetwegen. Wenn Tote vorkommen müssen, soll es auch Auferstehungen geben, oder wenigstens einen Himmel, damit wir wissen, wo wir uns befinden. Depressionen und Elend sind etwas für Leute unter fünfundzwanzig, sie können sie verkraften, sie finden sogar Gefallen daran, sie haben noch genug Zeit vor sich. Aber das wahre Leben bekommt dir nicht, hältst du es zu lange in den Händen, dann bekommst du Pickel und wirst schwachsinnig. Du wirst blind.

Ich will Glück, garantiertes Glück, rundum Freude, auf den Buchumschlägen Krankenschwestern oder Bräute, intelligente Mädchen, aber nicht zu intelligent, mit ebenmäßigen Zähnen und Schneid und gleich großen Brüsten und nicht zuviel Gesichtsbehaarung, eine, auf die man sich verlassen kann und die weiß, wo sie die Bandagen findet, und die den Helden, diesen potentiellen Wüstling und Mörder, in einen gepflegten Landedelmann mit sauberen Fingernägeln und einem entsprechenden Wortschatz verwandelt. *Für immer,* muß er sagen. *Auf ewig.* Ich will keine Bücher mehr lesen, die nicht mit den Worten *auf ewig* enden. Ich möchte zwischen den Augen gestreichelt werden, in einer Richtung nur.

6. Manche Leute glauben, ein Frauenroman sei etwas, in dem Politik nicht vorkommt. Manche glauben, er sei etwas, in dem es um Beziehungen geht. Manche glauben, er sei etwas, in dem unzählige Operationen vorkommen – medizinischer Art natürlich. Manche glauben, er sei etwas, das kein umfassendes Panorama unserer so aufregenden Zeit vermittelt. Ich, nun ja, ich

möchte nur etwas, das man auf dem Wohnzimmertisch liegenlassen kann, ohne sich zu sehr zu sorgen, falls die Kinder hineinsehen. Du glaubst, das sei kein stichhaltiges Argument? Du irrst dich.

7. *Sie hatte die erschreckten Augen eines wilden Vogels.* Das ist einer von den Sätzen, nach denen ich verrückt bin. Ich wünschte, ich könnte solche Sätze schreiben, ohne in Verlegenheit zu geraten. Ich wünschte, ich könnte sie lesen, ohne in Verlegenheit zu geraten. Könnte ich doch nur diese beiden einfachen Dinge tun – ich glaube, ich wäre imstande, die mir bewilligte Zeit auf der Erde wie eine in Samt gehüllte Perle zu verbringen.

Sie hatte die erschreckten Augen eines wilden Vogels. Ja, aber welchen Vogels? Einer Schleiereule etwa, oder eines Kuckucks? Es ist ein großer Unterschied. Wir brauchen nicht noch mehr Wortklauber, die die Phantasie wörtlich nehmen, die *ein Körper einer Gazelle* nicht lesen können, ohne an Darmparasiten, Zoos und Gestank zu denken.

Sie hatte einen gierigen Blick wie ein ungezähmtes Tier, lese ich. Zögernd lege ich das Buch nieder, den Daumen noch immer zwischen den Seiten auf der aufregenden Stelle. Er will sie gerade in seine Arme reißen, seinen heißen, gierigen, harten, fordernden Mund auf den ihren pressen, während ihre Brüste oben aus ihrem Kleid hervorquellen, aber ich kann mich nicht konzentrieren. Die Metapher führt mich an der Nase herum, sie verwirrt mich, und plötzlich liegt der ganze Garten Eden vor mir, Stachelschweine, Wiesel, Warzenschweine und Stinktiere, deren gierige Blicke boshaft oder sanft oder teilnahmslos oder schweinchenhaft oder listig sind. Eine Qual, die Erfahrung machen zu müssen, wie der fast greifbare romantische Schauder davonbebt, ein Schmetterling mit dunklen Flügeln, der an einem überreifen Pfirsich klebt und nicht schlucken und nicht schwelgen kann. *Welches Tier?* murmele ich in die Luft, die nicht antwortet. *Welches Tier?*

HAPPY-ENDS

John und Mary lernen sich kennen.
Was passiert nun?
Wenn du ein Happy-End wünschst, versuche es mit A.

A. John und Mary verlieben sich und heiraten. Beide haben wertvolle und einträgliche Berufe, die sie anregend und anspruchsvoll finden. Sie kaufen ein bezauberndes Haus. Die Grundstückspreise steigen. Irgendwann, als sie sich eine Hausangestellte mit Familienanschluß leisten können, bekommen sie zwei Kinder, für die sie hingebungsvoll sorgen. Die Kinder machen sich gut. John und Mary haben ein anregendes und anspruchsvolles Sexualleben und wertvolle Freunde. Sie machen zusammen Vergnügungsreisen. Sie treten in den Ruhestand. Beide haben Hobbys, die sie anregend und anspruchsvoll finden. Schließlich sterben sie. Das ist das Ende der Geschichte.

B. Mary verliebt sich in John, aber John verliebt sich nicht in Mary. Er benutzt ihren Körper ausschließlich zu seinem selbstsüchtigen Vergnügen und zu einer lauen Befriedigung seines Ichs. Er kommt zweimal in der Woche zu ihr in die Wohnung, und sie kocht ihm ein Abendessen – Sie werden bemerken, daß sie ihm nicht einmal ein Abendessen im Restaurant wert ist –, und wenn er das Abendessen gegessen hat, vögelt er sie, und danach schläft er ein, während sie das Geschirr abwäscht, damit er nicht denkt, sie sei schlampig, weil sie all das schmutzige Geschirr stehenläßt, und dann trägt sie frischen Lippenstift auf, damit sie gut aussieht, wenn er aufwacht, aber als er aufwacht, nimmt er es nicht einmal wahr, er zieht sich seine Socken und seinen Slip und seine Hose und sein Hemd und seine Krawatte und seine Schuhe an, in der umgekehrten Reihenfolge, in der er sie ausgezogen hat. Mary zieht er nicht aus, sie zieht sich selbst aus, sie tut jedesmal so, als könnte sie es kaum abwarten, nicht weil sie Sex mag, das tut sie nicht, aber John soll glauben, daß sie Sex mag, denn wenn sie es oft genug machen, wird er sich bestimmt an sie gewöhnen und von ihr abhängig werden, und sie werden heiraten, aber John geht aus der Tür und bringt gerade noch ein »Gute Nacht« zustande, und drei Tage später taucht er um sechs Uhr auf, und das Ganze geht wieder von vorn los.

Mit Mary geht es abwärts. Weinen ist schlecht für das Gesicht, das weiß jeder, auch Mary, aber sie kann nicht aufhören. Den Kollegen am Arbeitsplatz fällt es auf. Ihre Freundinnen sagen ihr, John sei eine Ratte, ein Schwein, ein Hund, er sei nicht gut genug für sie, aber das kann sie nicht glauben. Sie glaubt, tief in John drinnen stecke ein anderer John, der viel netter ist. Dieser andere John wird zum Vorschein kommen wie der Schmetterling aus seinem Kokon, wie das Männchen aus der Box, wie der Kern aus der Pflaume, wenn der erste John nur fest genug gedrückt wird.

Eines Abends beschwert sich John über das Essen. Er hat sich noch nie über das Essen beschwert. Mary ist verletzt.

Ihre Freundinnen erzählen ihr, daß sie ihn mit einer

anderen Frau, die Madge heißt, in einem Restaurant gesehen haben. Es ist nicht einmal Madge, was Mary am Ende unter die Haut geht, es ist das Restaurant. John hat Mary nie ins Restaurant eingeladen. Mary sucht alle Schlaftabletten und alle Aspirin zusammen, die sie finden kann, und schluckt sie und dazu eine halbe Flasche Sherry hinunter. Was für eine Art Frau sie ist, sehen Sie daran, daß es nicht einmal Whisky ist. Sie hinterläßt für John einen Brief. Sie hofft, daß er sie finden und rechtzeitig ins Krankenhaus bringen und es bereuen wird, und dann können sie heiraten, aber es kommt anders, und sie stirbt.

John heiratet Madge, und alles geht weiter wie in A.

C. John, ein älterer Mann, verliebt sich in Mary, und Mary, die erst zweiundzwanzig ist, hat Mitleid mit ihm, weil er sich um seinen Haarausfall sorgt. Sie schläft mit ihm, obwohl sie nicht in ihn verliebt ist. Sie hat ihn am Arbeitsplatz kennengelernt. Sie liebt jemanden, der James heißt, der ebenfalls zweiundzwanzig ist und noch nicht so weit, eine Familie zu gründen.

John dagegen hat vor langer Zeit eine Familie gegründet: Das ist es, was ihm Kummer macht. John hat einen sicheren, anständigen Job und kommt auf seinem Arbeitsgebiet voran, aber Mary ist nicht von ihm beeindruckt, sie ist von James beeindruckt, der ein Motorrad und eine sagenhafte Plattensammlung hat. Aber James ist oft mit seinem Motorrad unterwegs, er ist ja frei. Freiheit ist für Mädchen nicht das gleiche, deshalb verbringt Mary in der Zwischenzeit jeden Donnerstagabend mit John. Donnerstag ist der einzige Tag, an dem John weg kann.

John ist mit einer Frau verheiratet, die Madge heißt.

Sie haben zwei Kinder, ein bezauberndes Haus, das sie kurz vor dem Steigen der Grundstückspreise gekauft haben, und Hobbys, die sie anregend und anspruchsvoll finden, wenn sie Zeit dafür haben. John sagt Mary, wieviel sie ihm bedeutet, aber selbstverständlich kann er seine Frau nicht verlassen, Verpflichtungen sind Verpflichtungen. Er läßt sich mehr als nötig darüber aus, und Mary findet es langweilig, aber ältere Männer können es länger machen, und so hat sie im großen ganzen eine ziemlich gute Zeit.

Eines Tages kommt James auf seinem Motorrad mit erstklassigem kalifornischen Gras angebraust, und James und Mary werden so high, wie du es kaum für möglich halten würdest, und sie gehen zusammen ins Bett. Alles fühlt sich an wie unter Wasser, aber da kommt John, der einen Schlüssel zu Marys Wohnung hat. Er findet die beiden bekifft und eng umschlungen vor. Er hat schwerlich ein Recht darauf, eifersüchtig zu sein, wenn man an Madge denkt, aber nichtsdestoweniger überkommt ihn Verzweiflung. Schließlich ist er in mittlerem Alter, in zwei Jahren wird er kahl wie ein Ei sein, und das alles geht über seine Kräfte. Er kauft sich einen Revolver, behauptet, er brauche ihn zum Scheibenschießen – an dieser Stelle wird die Handlung etwas dürftig, aber damit können wir uns später befassen –, und erschießt die beiden und sich selbst.

Madge heiratet nach einer angemessenen Trauerzeit einen verständnisvollen Mann, der Fred heißt, und alles geht weiter wie in A, nur mit anderen Namen.

D. Fred und Madge haben keine Probleme. Sie kommen außergewöhnlich gut miteinander aus und bewältigen spielend die kleinen Probleme des Alltags. Aber ihr bezauberndes Haus liegt am Meer, und eines Tages nähert sich eine riesige Flutwelle. Die Grundstückspreise fallen. Der Rest der Geschichte handelt davon, wie die Flutwelle verursacht wurde und wie sie ihr entkommen. Denn sie entkommen, obwohl viele tausend Menschen ertrinken. Ein Teil der Geschichte handelt davon, wie die vielen tausend Menschen ertrinken, aber Fred und Madge sind tapfer und haben Glück. Als sie endlich festen Boden unter den Füßen haben, klammern sie sich aneinander, naß und triefend und dankbar, und machen weiter wie in A.

E. Ja, aber Fred hat ein schwaches Herz. Der Rest der Geschichte handelt davon, wie nett und verständnisvoll beide miteinander umgehen, bis Fred stirbt. Dann widmet Madge sich der Wohltätigkeitsarbeit bis zum Ende von A. Wenn du willst, kannst du »Madge«, »Krebs«, »schuldbewußt und verstört« und »Vogelkunde« einsetzen.

F. Falls Sie finden, das sei alles viel zu bürgerlich, machen Sie aus John einen Revolutionär und aus Mary eine Agentin der Spionageabwehr, und sehen Sie zu, wie weit Sie so kommen. Vergessen Sie nicht, daß wir in Kanada sind. Sie werden wohl oder übel bei A enden, auch wenn Sie in der Zwischenzeit auf eine wollüstige, brodelnde Saga leidenschaftlicher Verwicklungen stoßen mögen, eine Chronik unserer Zeit, sozusagen.

Das müssen Sie nun einmal einsehen: Das Ende ist immer dasselbe, wie man es auch dreht und wendet. Lassen Sie sich nicht von irgendeinem anderen Ende täuschen, irgend etwas ist immer faul daran, entweder vorsätzlich mit böswilligen Betrugsabsichten, oder es beruht auf übertriebenem Optimismus, wenn nicht gar auf regelrechter Sentimentalität.

Das einzig authentische Ende ist das, das hier geliefert wird:

John und Mary sterben. John und Mary sterben. John und Mary sterben.

Soviel zu verschiedenen Enden. Anfänge sind immer lustiger. Wahre Kenner jedoch ziehen bekanntlich den Abschnitt dazwischen vor, weil mit ihm am schwersten etwas anzufangen ist.

Das ist ungefähr alles, was zu Handlungsabläufen gesagt werden kann, bei denen sich sowieso immer nur eins ans andere reiht, ein Dies und ein Das und ein Was.

Versuchen Sie es einmal mit Wie und Warum.

BROT

Stell dir ein Stück Brot vor. Du brauchst es dir gar nicht vorzustellen, es ist hier in der Küche, im Brotkasten, in der Plastiktüte, es liegt neben dem Brotmesser. Das Brotmesser ist alt, du hast es bei einer Versteigerung mitgenommen; das Wort BROT ist in den Holzgriff geschnitzt. Du öffnest die Tüte, entfernst das Papier, schneidest dir eine Scheibe ab. Du streichst Butter darauf, dann Erdnußbutter, dann Honig, und du klappst sie zusammen. Ein bißchen Honig tropft auf deine Finger, und du leckst ihn ab. Du brauchst etwa eine Minute, um das Brot zu essen. Es ist zufällig ein Graubrot, aber es ist auch Weißbrot da, im Kühlschrank, und ein Kanten Roggenbrot von der letzten Woche, da war es noch rund wie ein voller Bauch, jetzt schimmelt es. Hin und wieder backst du Brot. Du glaubst, es entspannt dich, wenn du etwas mit deinen Händen tust.

Stell dir eine Hungersnot vor. Jetzt stell dir ein Stück Brot vor. Beide Dinge sind wirklich, aber zufällig bist du nur mit einem von ihnen im selben Zimmer. Versetz dich in ein anderes Zimmer, dazu ist der Kopf da. Du liegst jetzt auf einer dünnen Matratze in einem heißen Zimmer. Die Wände sind aus getrocknetem Lehm, und deine Schwester, die jünger ist als du, ist mit dir im Zimmer. Sie verhungert, ihr Bauch ist aufgetrieben, Fliegen setzen sich auf ihre Augen; du scheuchst sie mit der Hand davon. Du hast auch ein Tuch, es ist schmutzig, aber feucht, und du drückst es ihr auf die Lippen und die Stirn. Das Stück Brot ist das Brot, das du aufbewahrt hast, seit Tagen, so kommt es dir vor. Du bist genauso hungrig wie sie, aber noch nicht so schwach. Wie lange wird es noch dauern? Wann wird jemand mit mehr Brot kommen? Du überlegst, ob du nach draußen gehen sollst, um zu sehen, ob du vielleicht etwas Eßbares findest, aber draußen auf den Straßen wimmelt es von Aaskäfern, und der Leichengestank ist überall.

Sollst du das Brot teilen oder deiner Schwester das ganze Stück geben? Sollst du das Stück Brot selbst essen? Schließlich hast du eine bessere Chance, am Leben zu bleiben, du bist kräftiger. Wie lange dauert es, bis du dich entscheidest?

Stell dir ein Gefängnis vor. Du weißt etwas, hast es ihnen aber noch nicht gesagt. Diejenigen, die das Gefängnis beherrschen, wissen, daß du es weißt. Auch diejenigen, die es nicht beherrschen, wissen. Wenn du redest, werden dreißig oder vierzig oder hundert von deinen Freunden, deinen Kameraden gefangengenommen und sterben. Wenn du dich weigerst zu reden, wird die heutige Nacht so sein wie die vergangene Nacht. Sie suchen sich immer die Nacht aus. Du denkst jedoch nicht an die Nacht, sondern an das Stück Brot, das sie dir angeboten haben. Wie lange wird es dauern? Das Stück Brot war braun und frisch und erinnerte dich an Sonnenlicht, das auf Holzdielen fällt. Es erinnerte dich an eine Schale, eine gelbe Schale, die früher in deinem Haus war. In der Schale waren Äpfel und Birnen; sie stand auf einem Tisch, an den du dich ebenfalls erinnern kannst. Nicht der Hunger oder der Schmerz ist es, was dich tötet, sondern die Abwesenheit der gelben Schale. Könntest du doch nur die Schale in den Händen halten, jetzt hier, dann könntest du allem widerstehen, sagst du dir. Das Brot, das sie dir angeboten haben, ist subversiv, es ist verräterisch, es bedeutet nicht Leben.

Es waren einmal zwei Schwestern. Eine war reich und hatte keine Kinder, die andere hatte fünf Kinder und war Witwe, so arm, daß sie nichts mehr zu essen hatte. Sie ging zu ihrer Schwester und bat sie um einen Mundvoll Brot. »Meine Kinder sterben«, sagte sie. Die reiche Schwester sagte: »Ich habe für mich selber nicht genug« und vertrieb sie von der Tür. Dann kam der Mann der reichen Schwester nach Hause und wollte sich ein Stück Brot abschneiden; aber als er den ersten Schnitt machte, floß rotes Blut heraus.

Jeder wußte, was das bedeutete.

Das ist ein altes deutsches Märchen.

Der Laib Brot, den ich für dich beschworen habe, schwebt eine Handbreit über deinem Küchentisch. Es ist ein normaler Tisch, ein Tisch ohne Falltüren. Ein blaues Geschirrtuch schwebt unter dem Brot, und es sind keine Bänder da, mit denen das Tuch und das Brot oder das Brot und die Decke oder der Tisch und das Tuch miteinander verbunden sind, das hast du bewiesen, indem du mit der Hand dazwischengefahren bist. Doch das Brot hast du nicht berührt. Was hat dich davon abgehalten? Du willst nicht wissen, ob das Brot wirkliches Brot ist oder nur eine Halluzination, die zu sehen ich dich irgendwie verleitet habe. Es besteht kein Zweifel daran, daß du das Brot sehen kannst, du kannst es sogar riechen, es riecht wie Hefe, und es sieht richtig fest aus, fest wie dein eigener Arm. Aber kannst du ihm trauen? Kannst du es essen? Du willst es nicht wissen, stell dir das vor.

DIE SEITE

1. Die Seite wartet, sie gibt vor, leer zu sein. Ist es das, was sie anziehend macht, ihre Leere? Was sonst ist dieses Weiche und Weiße, dieses erschreckend Unschuldige? Ein Schneefall, ein Gletscher? Es ist eine Wüste, vollkommen unfruchtbar, ohne Leben. Aber die Menschen wagen sich in solche Gegenden. Warum? Um zu sehen, wieviel sie aushalten können, wieviel trockenes Licht?

2. Ich sagte, die Seite ist weiß, und sie ist es: weiß wie Brautkleider, seltene Wale, Möwen, Engel, Eis und Tod.

Manche sagen, daß sie wie das Sonnenlicht alle Farben enthält, andere, daß sie weiß ist, weil sie heiß ist, daß sie deine Sehnerven versengen wird, daß die, die zu lange auf die Seite starren, blind werden.

3. Die Seite selbst hat keine Dimensionen und keine Richtungen. Es gibt kein Oben und kein Unten, abgesehen von deinen eigenen Markierungen, es gibt keine Dichte und kein Gewicht, nichts, was du nicht dort hintust. Nord und Süd existieren nicht, es sei denn, du bist der Himmelsrichtungen sicher. Die Seite hat keine Ausblicke und keine Laute, keine Mittelpunkte oder Ränder. Deshalb kannst du dich für alle Zeit in ihr verlieren. Hast du nie den dankbaren Blick, den freudigen Blick in den Gesichtern jener gesehen, denen es

gelungen ist, von der Seite zurückzukehren? Trotz ihrer Erschöpfung, trotz ihres Blutverlusts fallen sie auf die Knie, graben die Hände in die Erde, umklammern die Leiber derer, die sie lieben, oder zur Not jeden, den sie zu fassen bekommen, mit einer Dringlichkeit, die denen fremd ist, die nie den ganzen Horror einer Reise in die Seite erfahren haben.

4. Wenn du dich entscheidest, die Seite zu betreten, nimm ein Messer mit und ein paar Streichhölzer und etwas, das schweben wird. Nimm etwas mit, woran du dich festhalten kannst, und ein Prisma, um das Licht zu spalten, und einen Talisman, der funktioniert, der an einer Kette um deinen Hals hängen sollte: damit du zurückkommst. Die Art der Schuhe spielt keine Rolle, aber deine Hände sollten bloß sein. Du solltest nie mit Handschuhen an den Händen in eine Seite gehen. Solche Entscheidungen – überflüssig zu sagen – sollten nicht leichtfertig getroffen werden.

Es gibt natürlich solche, die die Seite betreten, ohne sich entschieden zu haben, ohne es zu wollen. Einige von ihnen sind durch Zauber unverwundbar und haben keine Schwierigkeiten, aber die meisten finden nie wieder heraus. Ihnen erscheint die Seite als ein Brunnen, ein liebliches Gewässer, in dem sie ein Gesicht erblicken, ihr eigenes, wenn auch schöner. Diese Unglücklichen springen nicht: Sie fallen vielmehr, und die Seite schließt sich lautlos, nahtlos über ihren Köpfen, und ist augenblicklich so unversehrt und leer, so gläsern, so verführerisch wie zuvor.

5. Die Frage, die die Seite aufwirft, lautet: Was ist unter ihr?

Sie scheint nur zwei Dimensionen zu haben, du

kannst sie hochheben und umdrehen, und die Rückseite ist genauso wie die Vorderseite. Nichts, sagst du, enttäuscht.

Aber du hast an der falschen Stelle gesucht, du hast *hinter* statt *unter* ihr gesucht. *Unter der Seite* ist eine andere Geschichte. Unter der Seite ist eine Geschichte. Unter der Seite ist alles, was bisher geschehen ist, von dem du das meiste lieber nicht hören möchtest.

Die Seite ist kein Gewässer, sondern eine Haut, eine Haut ist dazu da, etwas zusammenzuhalten, und sie spürt es, wenn du sie berührst. Hast du wirklich geglaubt, sie würde einfach nur daliegen und nichts tun?

Berühre die Seite auf eigene Gefahr: *Du* bist leer und unschuldig, nicht die Seite. Trotzdem, du willst es wissen, nichts kann dich davon abhalten. Du berührst die Seite, es ist, als führest du mit einem Messer über sie, die Seite ist jetzt verletzt worden, eine geschlängelte Wunde öffnet sich, ein dünner Einschnitt. Dunkelheit quillt hervor.

TEIL IV

STUMM

Sollst du sprechen oder nicht? Die Frage stellt sich immer wieder, wenn du glaubst, du hast, wieder einmal, zuviel gesagt. Ein weiteres Bündel Substantive, eine Faustvoll: Sieh nur, wie die Wortkäufer sie drehen und wenden, wie sie hier und da ein wenig drücken, um zu sehen, ob sie bereits angefault sind. Mit den Verben ist es nicht besser, sie ziehen sie auf, lassen sie laufen, lassen sie sich über den Tisch quälen, ziehen sie wieder auf, diesmal zu fest, und die Feder springt. Du kannst kein anderes Frühlingsgedicht mit einer Feder nehmen, nicht mit den aufgezogenen Vokalen, nicht mit dem angefaulten Wort Grün darin, das nicht deins ist, nicht mit den Ameisen, die auf allem herumkrabbeln, nicht diese Plage. Es ist ein Markt, alles ist mit Fliegendreck bedeckt, wie wäscht man Sprache? Jetzt macht sich ein übler Geruch bemerkbar, du hörst das Knurren, etwas wird gegessen, einmal zuviel. Du hast einen fauligen Geschmack im Mund.

Warum dich einmischen? Du tätest besser daran, dich abseits zu setzen, auf dem Gehweg, unter der Markise, die Hände vor deinem Mund, auf deinen Ohren, deinen Augen, einen Becher vor dir, in den die Leute Münzen fallen lassen oder auch nicht. Sie glauben, du könntest nicht sprechen, sie bemitleiden dich. Aber du wartest auf das Wort, das eine Wort, das endlich das richtige sein wird. Ein Kompositum, die Entstehung von Leben, Schlamm und Licht.

SIE

weiß genau, was sie tut. Warum auch nicht? Auf der Straße, um die Ecke herum, der Teil von ihr, der soeben verschwindet. Wenn es so funktioniert, dann macht sie es eben so. Manchmal in Shorts, mit gebräunten Oberschenkeln, prall wie Kohlköpfe, oder so, daß der ganze Körper von den Schultern hinabfließt: Was immer passieren mag. Spitze am Kragen, am Knöchel, als dünne Haut über den Brüsten, wo immer sie in diesem Jahr getragen wird, und ein Lachen, oder auch nicht, im entscheidenden Moment. Was wird sie dafür bekommen? Etwas. Du mußt wissen, wann du rennen mußt und wohin, wie du leise eine Tür schließt. Nur ein bißchen vorzeigen, etwas, das wie Fleisch aussieht, sie kommen hinterher, ein paar weiße Steine werden im Wald fallen gelassen, unter den Bäumen, sie schimmern im Mondlicht, Spuren, eine Fährte. Von einem Punkt zum nächsten gelangen und dann einen anderen entdecken, und dahinter wieder einen. Sie hat die Sehnsucht zu ihrem Geschäft gemacht, die Krankheit des Herzens, das Stottern der Adern – würdest du es Leiden nennen, wohin führt es? Tiefer in den Wald hinein, tiefer ins Mondlicht. Sie glauben, irgendwann werden sie zwischen den Bäumen hervortreten, und sie wird dasein, endlich, und warten, auf sie warten, ganz kühles, weißes Licht.

ANBETUNG

Du hast diese wunden Stellen im Mund, die nicht heilen wollen. Das kommt daher, daß du zuviel Zucker ißt, sagst du dir. Den Göttern bringen die Menschen Blumen und Speisen als Opfergaben dar, erinnerst du dich an die Chrysanthemen, die Kürbisse auf dem Altar, sogar in der nüchternen Backsteinkirche? In der es nach nassen Füßen roch, Füßen in Socken, lange Zeit hindurch. Erntedank. Deshalb bringt er dir Rosen, bei Gelegenheit, und Pralinen, wenn ihm nichts anderes einfällt. Auch aus den gleichen Gründen: Anbetung oder Ritual oder Schmeichelei. Beten ist Begehren. O mein Gott, sagt er, aber er betet nicht zu Gott, er betet zu dir, nicht zu deinem Körper oder deinem Gesicht, sondern zu dem Raum, dessen Mitte du einnimmst, der die Gestalt des Universums hat. Leer. Er will ein Echo, eine Antwort von dieser dunklen Sphäre und ihren roten Sternen, die er berühren, aber nicht sehen kann. Was für ein Gefühl ist es, ein Gott zu sein, wenn auch nur fünf Minuten? Jetzt weißt du, worauf sie sich einlassen müssen. Dieses Stöhnen, das sich nach Schmerzen anhört, und vielleicht sind es Schmerzen – vom Hören her kannst du es nicht sagen.

Du bist kein wirklicher Gott, aber trotzdem schweigst du. Wenn man angebetet wird, gibt es nicht viel zu sagen. Es ist der Sonntag der weißen Gaben, Konserven sind es diesmal, in Seidenpapier, für die Armen, und das da oben bist du, leuchtend, brennend, wie eine Kerze, wie ein blankpolierter Kelch; benutzt und verehrt. Nachdem du verehrt wurdest, nachdem du benutzt worden bist, wirst du weggestellt, bis du wieder gebraucht wirst.

IKONOGRAPHIE

Er will sie so arrangiert und nicht anders. Er begehrt sie, arrangiert. Er arrangiert, daß er sie begehrt.

Das ist das Arrangement, das sie getroffen haben: mit Stricken angebunden, oder mit Seilen, Strümpfen, Lederriemen. Was ist sonst noch arrangiert? Möbel, Blumen. Zur Betrachtung, zur geschmackvollen Anordnung von Teilen, die ein geschlossenes und ästhetisches Ganzes bilden sollen.

Anfangs wurde nicht von ihr erwartet, daß es ihr gefiel. Sie in einer Stellung zu haben, die ihr nicht gefiel, das war Macht. Selbst wenn es ihr gefiel, mußte sie so tun, als gefiele es ihr nicht. Dann wurde von ihr erwartet, daß es ihr gefiel. Sie dazu zu bringen, etwas zu tun, das ihr nicht gefiel, und sie dann dazu zu bringen, daß es ihr gefiel, das war mehr Macht. Am allergrößten ist die Macht, wenn es ihr nicht wirklich gefällt, von ihr jedoch erwartet wird, daß es ihr gefällt, und sie so tun muß, als ob.

Ob er sie dazu bringt, daß es ihr gefällt, oder ob er sie dazu bringt, daß es ihr mißfällt, oder ob er sie dazu bringt, so zu tun, als gefiele es ihr, ist wichtig, aber es ist nicht das Wichtigste. Das Wichtigste ist, daß er sie dazu bringt. Sie erschafft, aus dem Nichts heraus, jedesmal neu. Von Grund auf, so wie er sie will.

Man kann nie wissen, ob es ihr gefällt oder nicht. Inzwischen weiß sie es selbst nicht mehr. Alles, was man sieht, ist die Haut, das ihr eigene Lächeln, flach, aber unauslöschlich, wie eine Tätowierung. Schwer zu sagen, und sie wird es nie tun, sie kann es nicht. Sie lassen sich gar nicht darauf ein, wenn es ihnen nicht gefällt, sagt er. Er hat das letzte Wort. Er hat das Wort.

Beobachten Sie sich. Dazu sind die Spiegel da, diese Geschichte ist eine Spiegelgeschichte, die sich auf Horrorgeschichte reimt, fast, nicht ganz. Wir lassen uns zurückfallen in diese Rhythmen wie in sichere Hände.

MÄNNER MÖGEN

Es ist wieder Zeit, Männer zu mögen. Wo sollen wir anfangen?

Ich persönlich habe eine Vorliebe für den hinteren Teil des Halses. Das liegt an dem Wort *Nacken,* es hat so einen zarten Flaum, es ist anders als das Wort *Genick.* Aber die meisten von uns, vor allem die Anfängerinnen, beginnen besser bei den Füßen und arbeiten sich dann nach oben. Beim Kopf anzufangen mit allem, was er enthält, würde zu plötzlich zu Schmerzen führen. Dann ist da der Nabel, das Geburtsgrübchen, wo wir vom Stamm gefallen sind, etwas, das wir gemeinsam haben; du könntest es ansehen und sagen: Auch er ist sterblich. Aber der Nabel ist vielleicht zu nah an diesen Gürteln und Reißverschlüssen, die dir soviel Qual bereiten, und daher unbequem, und was du willst, ist Bequemlichkeit. Er ist Fleischesser, du bist Vegetarierin. Damit mußt du fertig werden.

Die Füße also. Ich gebe dir die Füße, mit rosaroten Zehen und harmlos. Leider denkst du an Socken, die auf dem Boden liegen und darauf warten, aufgehoben und gewaschen zu werden. Schnell Schuhe hinzufügen. Besser so? Die Socken sind jetzt gebändigt und vermutlich sauber.

Du betrachtest die Schuhe: blankgeputzt, aber nicht zu sehr – du wünschst dir diesen Mann weder schlampig noch pingelig. Und du beginnst dich zu entspannen. Schuhe, nett und zivilisiert, nicht schwarz, sondern in einem dezenten Braunton. Keine plumpen zweifarbigen Schuhe, keine Blockabsätze. Die Schuhe tanzen, mit den Füßen darin, ordentlich und geschickt, es gefällt dir, du denkst an Fred Astaire, du beginnst Männer zu mögen. Du spielst mit dem Gedanken, diese Füße zu küssen, langsam, nach einem kräftigen Schrubben natürlich; die Füße strecken ihre Zehen aus, rekeln sich vor Vergnügen. Es gefällt dir, Vergnügen zu bereiten. Du läßt deine Zunge über die Fußsohle gleiten, und die Füße stöhnen.

Aufgekratzt fängst du an herumzualbern. *Schuhwerk,* denkst du. Golfschuhe, voll Gras und väterlich, weiße Turnschuhe, in denen man Tennis spielt, geschmeidig und anmutig, flink wie Kaninchen. Arbeitsstiefel, solide und zuverlässig. Ein guter Mann ist schwer zu finden, aber es gibt solche Männer, das weißt du jetzt. Jemand, der eine Motorsäge in die Hand nehmen kann, ohne sich das Bein abzuschneiden. Du bist erleichtert. Karos und Plaids, spartanisch, ein bißchen schottisch. Gummistiefel, um im Regen zum Stall zu waten und das neugeborene Kalb zu retten. Kraft, ruhig und vernünftig. Wissen, was zu tun ist, und es gut tun. Sexy.

Aber es gibt nicht nur Gummistiefel. Du möchtest aufhören, aber du kannst dich nicht bremsen. Reitstiefel, denkst du, mit der drohenden Peitsche; aber es ist nicht so schlimm, Stiefel sind nicht von hier, und sie sind historisch. Cowboystiefel, zwei davon, mit Abstand nebeneinander aufgepflanzt – stampf, stampf –, auf der Main Street, kurz bevor der Schuß fällt. Ein Sporn in die Leistengegend. Ein Mann muß tun, was zu tun ist, aber warum dies? Kavaliersstiefel, so blank poliert, daß du dein eigenes Gesicht im rechten sehen kannst, während sich der linke hebt und der Absatz auf deiner Nase landet. Jetzt siehst du sie reihenweise, sie marschieren, marschieren; deine Augenhöhe ist die Höhe der Straße, weil du unten liegst. Macht ist die Macht, zu vernichten, zwei halten deine Beine, zwei deine Arme, der fünfte stößt einen spitzen Gegenstand in dich hinein – ein Bajonett, den Hals einer zerbrochenen Flasche. Und es ist nicht einmal Krieg, wir sind in einem Park, mit einem Kinderspielplatz, mit kleinen roten und gelben Pferden, es ist heller Tag, Männer und Frauen starren dich durch ihre geschlossenen Autofenster an. Später wird dich der Polizist fragen, was du getan hast, um sie zu provozieren. Stiefel waren letztlich doch keine so gute Idee.

Aber allein daraus, daß alle Vergewaltiger Männer sind, läßt sich nicht folgern, daß alle Männer Vergewaltiger sind, sagst du dir. Verzweifelt versuchst du, dir das Bild des Mannes, den du liebst und auch magst, vor Augen zu führen, doch jetzt ist es eine sandfarbene Ebene, nirgendwo hat man Häuser stehenlassen, Rauchsäulen steigen auf, in den Schützengräben lebt niemand mehr, Köpfe, deren Gesichter wegfaulen, Mütter, Babys, Jungen und Mädchen, und auch Männer, die sich in Schädel verwandeln, wer hat das getan? Wer bestimmt, wer *Feind* ist? Wie kannst du Männer mögen?

Und doch glaubst du noch immer, daß es möglich ist. Wenn nicht alle Männer, so wenigstens einige, wenigstens zwei, wenigstens einen. Das setzt eine Tat voraus, eine Tat aus Überzeugung. Da ist sein Fuß, der unter der Bettdecke hervorsieht. Er schläft, nackt wie am Tag seiner Geburt. Der Tag seiner Geburt. Vielleicht mußt du bis dahin zurückgehen, um ihn hier aufzuspüren, um seinen Weg Schritt für Schritt nachvollziehen zu können. Um anzufangen. Immer wieder.

ERDBEEREN

Die Erdbeeren sind im ersten Moment, wenn ich mich an sie erinnere, nicht rot, sondern blau – jenes blaue Flimmern, kurz bevor der Draht weiß glüht, Sonne, die auf den Spitzen der Wellen blitzt. Es war die Hitze, die alles so bläulich färbte, Wut, ich ging in den verwilderten Obstgarten, weil ich nicht mit dir reden, dich nicht einmal sehen wollte. Statt dessen wollte ich etwas Unauffälliges und Sinnvolles tun, etwas, was ich gut konnte.

Es war Juni, es gab Mücken, ich scheuchte sie auf, als ich die höheren Halme beiseite schob, aber das war mir egal, ich war immun, das viele Adrenalin hielt sie fern, und wenn nicht, mir war nach kleineren Stichwunden zumute. So wütend wie damals werde ich nicht mehr. Fast bedaure ich es.

Ich würde gern sagen, daß ich alles durch einen roten Schleier sah, was nicht stimmt. Nichts war verschleiert.

Alles war sehr klar, klarer als sonst, meine Hände mit den befleckten Fingernägeln, das Sonnenlicht, das durch die Zweige des Apfelbaums auf die Erde fiel, jedes Blatt, jede weiße fünfblättrige Blume mit dem gelben Dotter in der Mitte und jede kegelförmige zartbehaarte dunkelrote vielsämige Zwergheidelbeere, die sich in ein trockenes flaches zweidimensionales Detail verwandelte, wie das Laubwerk im Bildhintergrund bei einem der verrückteren viktorianischen Maler, kurz vor der Erfindung der Kamera; und irgendwann in dieser Stunde, wenn auch nicht die ganze Stunde lang, vergaß ich, wie die Dinge hießen, und sah statt dessen, was sie sind.

ER

Jedesmal, wenn du ihm die Tür öffnest, ist es annähernd dasselbe: Als käme er soeben von einem anderen Stern, steht er dort halbblind vom plötzlichen Licht, so als würdest du es aus deinem Innern verströmen, als wäre er sein eigenes dunkles wirbelndes schwereloses Innere und soeben gelandet und du wärst das Land. Er weiß, er muß seinen fremdartigen Gruß entbieten, und auch du weißt es, es wird ein höflicher Gruß sein, und unbeholfen, weil er Schwierigkeiten mit der Sprache hat. *Ich komme in Frieden,* möchtest du ihm soufflieren, tust es aber nicht. Er ist schon ängstlich genug. Es ist die Art, wie er den Kopf senkt und nun zu Boden blickt, nachdem er dich zuerst so ungeschützt und ehrlich angesehen hat, daß du seinen Blick nicht erwidern konntest. Wie so viele andere traurige Männer möchte er nichts weiter als geduldet werden, hereingelassen werden.

Du bist die Traurigkeit der Männer leid, man hat sie zu oft an dir ausgelassen, eine Traurigkeit so schwerfällig wie eine Klempnerzange, ein Werkzeug zum Abdrehen des Wassers. Traurigkeit ist dir oft als Vorwand angeboten worden, damit du alle möglichen Dinge tust. Er bietet sie nicht an. Er ist nicht ohne Traurigkeit, aber er ist kein Lieferant seines eigenen Kummers, er ist sich seines Kummers nicht bewußt, er ist unbewußt. Er sieht sich gern gut gespielte Spiele an.

Du möchtest phantasievoll sein, du möchtest sagen, er ist wie ein Baum oder wie ein Stein, einer dieser stummen, selbstgenügsamen Gegenstände, aber ausnahmsweise vermeidest du Metaphern: Es gibt nichts anderes, in das er sich verwandeln sollte. Deine jahrelange Erfahrung, diese Begabung für Metamorphose, ist hier nichts wert. Wie viele Male bist du im Mondlicht aufgewacht und hast diese Indigoschatten anstelle der Augen gesehen, hart, als wären sie in Granit geschlagen, und gedacht, ich liege neben einem Mörder im Bett? Du kannst all die Zeit jetzt in einer einzigen Hand zusammenknüllen und wegwerfen.

Deine größte Angst ist die, daß du diese Gelegenheit verpaßt haben könntest. Doch du mußt mit der Wahrheit herausrücken, und das ärgert dich, aber wieso eigentlich? Hast du es nicht so gewollt? Ist dies nicht der Mann, durch den du allen anderen Männern vergeben kannst? Vergeben mußt, denn jetzt erinnerst du dich allmählich daran, inwiefern ihm die anderen teilweise ähnlich waren.

HOFFNUNGSLOS

Heute komme ich mir nur sentimental vor, am Fenster, wo ich auf den Schneematsch draußen sehe und mir Gedanken über das Buch Hiob mache. Religion, das brennende Herz im Griff seiner rituellen Dornen, der Brustkasten, einzusehen wie ein Schaufenster. Warum gibt es Hakenwürmer? Warum gibt es Explosionen, auf der Straße, in den Handgelenken, Blut, das die Ionosphäre trübt?

Vergiß, hart und kompetent zu sein. Ich kann mit einer Hand kochendes Blei von den Zinnen gießen, inzwischen habe ich mich daran gewöhnt, ich sehe kaum noch die versengten Gesichter da unten, die offenen Münder mit den zugespitzten Wieselzähnen und all die aufgebrachten Fahnen im Wind. Das tue ich an Wochentagen, bei Invasionen, aber heute ist Sonntag, und ich bin hoffnungslos, wir sind hoffnungslos. Hoffnung braucht die Zeitform der Zukunft, die dich nur gierig macht, zu einem Hamster: Für die Zukunft spart man, doch wie der Donner ist sie nichts als ein Echo, ein umgekehrter Traum. Hoffnung ist, wenn du noch mehr erwartest, aber was mehr soll da sein?

Draußen quillt die Pest hoch, läuft über, fließt durch die Straßen, und so bleiben wir hier, klammern uns aneinander, klammern uns an die einzige Kleinigkeit, die noch nicht verwittert, die noch nicht vom Tod gezeichnet ist, diesen Armvoll Worte: *zusammen, mit.* Besser wird es nicht, nichts kann besser sein, und deshalb gibt es nichts zu hoffen, obwohl ich es trotzdem tue. In einiger Entfernung, im Mittelgrund jenseits des Kriegs, ist ein Fluß, und ein paar Weiden, im Sonnenlicht, und ein paar Hügel.

EINE PARABEL

Ich bin in einem Zimmer ohne Fenster, die sich öffnen, und ohne Türen, die sich schließen; das mag nach einem Irrenhaus klingen, tatsächlich aber ist es nur ein Zimmer, das Zimmer, in dem ich sitze, um dir ein weiteres Mal zu schreiben, einen weiteren Brief, ein weiteres Blatt Papier, taub, stumm und blind. Wenn ich fertig bin, werde ich es in die Luft werfen, und es wird, wie wir sagen, verschwinden, aber die Luft wird das nicht glauben.

Ich höre mir deine Fragen an. Ich beantworte sie deshalb nicht, weil es überhaupt keine Fragen sind. Gibt es irgendeine Antwort auf einen Stein oder die Sonne? *Was soll das?* sagst du, worauf die einzig mögliche Erwiderung lautet, daß wir keine Utilitarier sind. *Wer bist du wirklich?* ist die Frage, die der Wurm dem Apfel stellt, während er sich durch ihn hindurchbohrt. Ein angenagter Kern mag die Mitte sein, aber ist er die Wirklichkeit?

Ich selbst bin vielleicht gar nichts anderes als der Raum zwischen deiner rechten Hand und deiner linken Hand, wenn deine Hände auf meinen Schultern liegen. Ich halte deine rechte Hand und deine linke Hand auseinander, durch mich berühren auch sie sich. Es ist wie Schweigen, das ja auch ein Geräusch ist. Ich bin die Zeit, die du brauchst, um darüber nachzudenken. Du betrittst meine Zeit, du verläßt sie, ich kann sie nicht betreten oder verlassen, warum also mich fragen? Du weißt, wie sie aussieht, ich nicht. Spiegel helfen überhaupt nicht.

Frage mich lieber, wer du bist: Wenn du in dieses Zimmer kommst, durch die nicht vorhandene Tür, sehe ich nicht mich, sondern dich.

HAND

Dein Körper liegt auf dem Boden, mit dir oder ohne dich. Deine Augen sind geschlossen. Es ist nicht richtig, zu sagen, du bist dein Körper, obwohl auch das wahr ist; denn im Augenblick bist du es nicht. Du bist nichts als eine Faust, die sich irgendwo im Nacken ballt. Es ist diese Faust, die dich umklammert hält und mit kurzen schmerzhaften Stößen vorwärtsschiebt, es ist diese Faust, die dich durch die Zeit treibt, durch die fensterlosen Gänge, die wir so gut kennen, wo das gelblichweiße Licht das Blut von der Oberfläche deines Gesichts saugt und deine Füße in ihren spitzen Schuhen auf Zement stoßen, ein dumpfer Ton und dann noch einer, Uhrwerk. Diese Faust ist das, was ich öffnen muß: um dich einzulassen.

Ich beginne mit dem Nacken, vorsichtig, fühle den verworrenen Knoten der verhedderten Muskeln, ein Puzzle. Ein falscher Anfang, wenn ich hier zu fest zudrückte, bekämst du blaue Flecken. Ich wende mich den Füßen zu und fange von vorn an.

Den Füßen muß man beibringen, im Dunkeln zu sehen, denn es ist dunkel dort, wo sie gehen. Die Füße lernen geduldig, sie sind klüger als die Augen, man kann ihnen nichts vormachen, wie Steine sind sie schwer und ernst, sie wollen nichts für sich, haben sie einmal gesehen, erinnern sie sich. Ich lasse meine Daumen zwischen den Sehnen hinabgleiten, drücke auf die tauben weißen Sohlen der gefangenen Füße.

Es ist dein Körper, den ich zwischen meinen beiden Händen halte, seine Augen sind geschlossen. Jetzt ist dein Körper eine Hand geworden, die sich öffnet, dein Körper ist die Hand eines blinden Mannes, sie greift in eine Dunkelheit, die tatsächlich Licht sein könnte; soweit du weißt. Hinter deinen geschlossenen Augen entwirren sich die Fasern eines Baums, nehmen Gestalt an, rot und purpurn, blau, ein langsames Glühen. Dies ist keine Liebesgeschichte. Es ist die Reise des Körpers, es sind seine zögernden Schritte, während er zurückkehrt in sein eigenes Fleisch. Auch ich schließe die Augen, damit ich besser sehe, wohin wir gehen. Meine Hände schieben sich vorwärts, wissend und ratend; meine Hände schieben dich vorwärts. Deine Augen sind geschlossen, aber das dritte Auge, das Auge des Körpers, öffnet sich. Es schwebt vor dir wie ein Ring aus blauem Feuer. Jetzt siehst du hinein und hindurch.

IMMORTELLE

Ich greife nach unten, und was bringe ich zum Vorschein? Etwas Frühes, eine kleine trockene weiße Blume. Immortelle wurde sie genannt. Gepflückt am Rand der Schnellstraße, in der Nähe einer mit Quarz durchsetzten Felswand; die Sonne schien darauf, als sie aufging, und ließ den Felsen wie Glas aufleuchten, wie einen Eingang ins Licht. Damals war die Welt noch etwas, durch das man hindurchgehen, in das man hineinspazieren konnte.

Man konnte damals überall zelten, unmittelbar neben der Straße, an jeder lichten Stelle. Die Zelte waren aus schwerem Segeltuch und rochen nach Teer. Die anderen löschten das Feuer. Es gab kaum Autos; das lag am Krieg. Der Krieg fand irgendwo anders statt, und das Habichtskraut, rot und gelbrot, wuchs dort büschelweise, purpurrote Wicken, Margeriten mit ihrem würzigen Duft, winzige schwarze Ameisen auf den Blütenblättern. Auch ein Fluß, mit bräunlichem, durchsichtigem Wasser.

Es war nichts zu tun, da war soviel Zeit, die nicht ausgefüllt werden mußte. Ich kniete nieder, nackte Haut auf feuchtem Boden, und griff in die nicht vorhandene Zeit und brachte eine Handvoll Stengel zum Vorschein, das vom Fluß widergespiegelte Licht fiel auf ihre Köpfe, die trockenen weißen Blumen, schon jetzt ewig.

ANWEISUNGEN FÜR DAS DRITTE AUGE

Das Auge ist das Sehorgan, und das dritte Auge bildet da keine Ausnahme. Wenn Sie es öffnen, sieht es, wenn Sie es schließen, sieht es nicht.

Die meisten Menschen haben ein drittes Auge, aber sie trauen ihm nicht. Das war doch nicht F., der da an der Ecke stand, die Hände in den Manteltaschen, und wartete, daß das Ampellicht wechselte: F. ist vor zwei Monaten gestorben. Meine Augen haben mich getäuscht, sagen sie. Eine Täuschung des Lichts.

Ich habe nichts gegen Telepathie, sagte Jane, aber das Telefon ist soviel zuverlässiger.

Was ist der Unterschied zwischen Ansicht und Ansicht? Im einen Fall bezieht es sich auf etwas, von dem man annimmt, daß Sie es sehen können, im anderen auf etwas, von dem man annimmt, daß Sie es nicht sehen können. Sprache ist auch nicht immer zuverlässig.

Wenn Sie das dritte Auge benutzen wollen, müssen Sie die beiden anderen schließen. Atmen Sie dann regelmäßig, und warten Sie ab. Manchmal funktioniert es; manchmal schlafen Sie einfach nur ein. Aber auch dann funktioniert es manchmal.

Wenn Sie schon genug Übung haben, brauchen Sie sich bei diesen Anfangsschritten nicht aufzuhalten. Sie werden außerdem feststellen, daß das, was Sie sehen, zum Teil davon abhängt, was Sie sehen wollen, und zum Teil davon, wie Sie es sehen wollen. Ich sagte bereits, das dritte Auge ist nur ein Auge.

Es gibt Menschen, die dem dritten Auge mißtrauen. Sie würden es entfernen lassen, wenn sie könnten. Sie empfinden es als einen Schmarotzer, der sich in der Mitte der Stirn niedergelassen hat und sich vom Gehirn ernährt.

Ihnen zeigt das dritte Auge nur die schlimmsten Szenen: die vergasten und versengten Leichen am Höhleneingang, die ausgeweideten Babys, die von Generälen hinterlassene Spur und, weniger weit von ihnen entfernt, die von Eifersucht und Gier verpesteten Herzen, die man durch alle Jacken und Pullover scheinen sieht.

Unerträglich, sagen sie und sehen. Das dritte Auge kann erbarmungslos sein, besonders wenn es verwundet ist.

Aber einer muß diese Dinge sehen. Es gibt sie wirklich.

Versuchen Sie nicht, dem dritten Auge Widerstand zu leisten: Es weiß, was es tut. Lassen Sie es in Ruhe, und es wird Ihnen zeigen, daß diese Wahrheit nicht die einzige Wahrheit ist. Eines Tages werden Sie aufwachen, und alles, die Steine an der Auffahrt, die Backsteinhäuser, jeder Backstein, jedes Blatt an jedem Baum, Ihr eigener Körper, alles wird von innen heraus leuchten, so hell entzündet, daß Sie kaum hinsehen können. Sie werden in alle Richtungen greifen, und Sie werden das Licht selbst berühren.

Danach gibt es keine Anweisungen mehr, weil du keine Wahl mehr hast. Du siehst. Du siehst.

INHALT

I

II

III

IV